CODE人心弦

伍臻祥◎著

漫遊達文西密碼現場

CODE人心弦

【目次】

自序 雙城記

伍臻祥

今年初我走訪了巴黎和倫敦兩個城市，它們曾經是狄更斯名著《雙城記》（A Tale of Two Cities）的主角，如今又在暢銷小說《達文西密碼》中有吃重的演出。

下筆此刻《達文西密碼》的全球發行量已然突破三千萬本，而且持續成長當中，不管讀者對這本小說是愛是恨，它都已成為二十一世紀第一個全球性的文化現象，數以百萬計讀者第一次聽說耶穌可能結過婚，他的妻子叫抹大拉，而且就是懷了耶穌血脈的聖杯。他們也第一次注意到《最後的晚餐》裡畫著一個女人，驚訝於五百年來沒有任何人提過這件事。還有讀者首次接觸到歐洲的神祕主義、宗教符號、祕密會社文化等。《達文西密碼》讓巴黎市觀光業更上一層樓，按照《達文西密碼》開出的旅遊線多達七、八條，巴黎街上原來有條神祕的玫瑰線，聖母院的大門竟然是個陰唇……

對於眾多基督徒（特別是天主教徒）而言，《達文西密碼》的成功並不是好消息，如果它描述的耶穌和抹大拉故事是真的，那麼以《聖經·福音書》建構起來的基督教文明將被全面顛覆。於是基督教團體開始大聲譴責，宗教學者和作家引經據典討伐《達文西密碼》中的邪

説謬論，《揭露達文西密碼》、《密碼背後的真相》或《達文西騙局》等衍生書陸續成為暢銷書，網路上更是筆戰不斷，殺氣騰騰，大眾媒體也加入戰局，大幅報導達文西密碼現象，這一切當然都只讓《達文西密碼》熱更加發燒，歷久不衰。

《達文西密碼》於二〇〇三年三月出版，我在隔年年初才注意到這本小説，當時它已經在紐約時報暢銷書排行榜榜首停留三十餘周。我在網路上讀到一篇文章，質疑美國廣播公司製作特別節目「耶穌、瑪利亞與達文西」的動機，這則新聞引發了我的興趣，然後就在Costco看到這本書，我趕緊買來拜讀，故事中令人喘不過氣的顛覆理論讓我又驚又喜，還特別上《達文西密碼》網站去參加線上解謎挑戰（我過關了！）我是個宗教歷史和歐洲藝術的愛好者，這本書滿足了我的偷窺欲，也激起我更大的好奇心，趁著到美國出差之便買了一堆相關的書來研究，才發覺《達文西密碼》只是一扇門，進入這扇門後還有個更豐富玄妙的世界。

同時間，《達芬奇密碼》簡體版由上海人民出版社於二〇〇四年二月推出，《達文西密碼》繁體版也由時報出版於同年八月推出，共同掀

起華文世界的《達文西密碼》熱潮，成為過去兩年華文出版界最成功的小說。

嚴格說起來，作家丹‧布朗在《達文西密碼》之前是位中等的暢銷作家，他的結構能力和寫作技巧平庸，但從他以蘭登為主角的第一部作品《天使與魔鬼》開始，丹‧布朗開始展露對「密碼」類型的懸疑小說有特殊掌握功力，以及對羅馬天主教會有曖昧的敵意，《天使與魔鬼》其實也可以叫做《伽利略密碼》，故事以迦利略和梵諦岡為中心，從中可以看出他後來創作《達文西密碼》所具備的條件，只是話題不夠勁爆，未能如《達文西密碼》般成功。不過《天使與魔鬼》中有較多屬於丹‧布朗自己的原創，《達文西密碼》中他挪用別人著作的痕跡過深，丹‧布朗的成就是將這些早已存在的陰謀論包裝成一部懸疑解密小說，並濃縮在四百多頁中寫完。

我拜讀了幾本衍生自《達文西密碼》的書籍，作者多半是基督教徒，字裡行間難免流露信仰的熱情，對《達文西密碼》和丹‧布朗的攻擊則不免情緒化，他們引用大量基督教經典來反證，對非教徒是種負擔。另一類衍生書雖然不為捍衛教會，而是提供更多資訊給讀者，

但可能是為了趕出版的時機，內容豐富有餘卻組織不足，讓人有些消化不良。

我想寫本不太一樣的文化遊記，為《達文西密碼》愛好者設計兩個旅遊行程，一個是感官之旅，一個是知識之旅。感官之旅中，我會實際帶領大家走過小說中主要的場景，包括羅浮宮、聖許畢斯、巴黎聖母院、玫瑰線、聖殿教堂、西敏寺等地，親自觀賞包括《蒙娜麗莎》和《石窟中的聖母》在內的七幅達文西畫作，以及其他相關大師的傑作，讓這些地方和藝術品真實還原在讀者眼前，它們在小說之外還有更多的故事和趣味。

知識之旅的行程更為豐富，我特別安排了《達文西密碼》的前傳，如同星際大戰有前傳三部曲，《達文西密碼》是發生在現今時空的故事，它也有前傳三部曲，分別發生在一世紀巴勒斯坦、十二、十三世紀法國南部、和十五、十六世紀義大利，我們會在清楚的時間架構中瞭解：早期基督教的發展過程、歷史上的抹大拉一生、達文西不為人知的一面和所有作品中的異端「密碼」、法國南部獨特的基督教歷史、以及錫安會、聖殿騎士團的完整歷史和疑團等，對於歷史上的爭議，我整理出正反兩面說

法供讀者參考。

除了走訪巴黎和倫敦，我也重讀了《聖血與聖杯》、《聖殿騎士團之密大公開》、《傅科擺》、《密碼的祕密》以及新聞周刊、紐約客、BBC和ABC紀錄片等參考資料，更將生滿灰塵的《世界藝術史》和《李奧納多》重新搬出來修煉一番。基於行程安排我先去了倫敦然後才到巴黎，這本書則會依循《達文西密碼》故事的發展順序，先巴黎後倫敦，再回到巴黎。礙於時間和篇幅的限制，蘇格蘭的羅絲林禮拜堂和宗教符號的介紹成了遺珠之憾。

這本書在我腦袋中醞釀了兩年，如今終於能呈現在讀者面前，我要特別感謝我的家人和印刻出版社的支持，這是個充滿驚喜的旅程，讓我認識《達文西密碼》背後更豐富的故事，特別是它的女男主角抹大拉和達文西，他們精采的人生留給後世無限想像和憧憬，在此我也感謝他們。

二○○六年三月 台北

盧伊尼《抹大拉》

帝王宮殿，命案現場

【關鍵字 keywords】
· 羅浮宮
· 無翼的勝利女神
· 大陳列館 ·
· 維特魯威人
· 蒙娜麗莎

一歐元硬幣

在我即將展開巴黎旅程之際遇到一個巧合，它像是個好采頭似的，為我接下來幾天帶來不少運氣，即使探訪過程中偶有小挫折，也都能柳暗花明，否極泰來。

一個灰濛濛的冬日早晨，我離開「歐洲之星」子彈列車停靠的北方火車站（Gare du Nord），隨及搭計程車到下榻的舊旅店，下車時女司機找了一堆零錢給我，我好奇地把玩第一次見到的歐元，發現其中一枚硬幣上竟然就印著李奧納多·達文西的《維特魯威人》，任何《達文西密碼》讀者都知道這幅素描的特殊意義，也就不難想像我當時的驚喜。

那是枚一歐元硬幣，鑲著金色邊框，金邊裡有十二顆「五芒星」圍成一圈，金邊的內緣與《維特魯威人》像的圓圈相接合，整個圈內部分則是銀色的，不認識這素描的人還以為它是專

杜勒麗公園噴水池和羅浮宮

為硬幣設計的圖案。以達文西在歐洲文化歷史中的天王地位，用他的作品來裝飾歐洲新貨幣無疑是貼切的，但接下來幾天我再沒換到《維特魯威人》，幸好我一直把這枚硬幣留在口袋中沒用掉，算是這趟旅行特殊的紀念品。

前進羅浮宮

我住的三星級旅店離羅浮宮不遠，出門右轉很快接上羅浮宮北邊的希沃里街（Rue de Rivoli），過街就是小說中提到的「巴黎的中央公園」杜勒麗公園，坐地鐵到博物館入口處僅一站，步行也只要十五分鐘，這個位置幾乎就在巴黎市區中央，離其它重要景點也都蠻近的，對我探訪《達文西密碼》非常方便。

精采的犯罪小說通常要有個駭人聽聞的命案做開頭，命案則少不了要有意想不到的犯罪現

羅浮宮前廣場和金字塔

羅浮宮金字塔入口

場。因此簡單梳洗後我馬上啓程前往羅浮宮，我沿著希沃里街欣賞杜勒麗公園的景色，可惜冬天裡公園乏善可陳，綠意和遊客皆無，不遠處是羅浮宮西北角瑪森樓閣的深藍色屋頂，瑪森樓閣連到淡土色的黎希留翼館，沿著黎希留的五十米高牆再往前走，在黎希留通道右轉進入輝煌的拿破崙中庭，眼前正是巴黎人又愛又恨的玻璃金字塔入口（La Pyramide）。

我很快發現《達文西密碼》對我造成的不良影響，站在二十米高的玻璃金字塔前，我對貝聿銘的敬畏僅維持了一分鐘左右，心頭念著的是對命案現場的好奇，像是個初接到謀殺報案的警探，我等不及順著金字塔內螺旋狀樓梯來

到地下大廳，新穎現代的大廳即寬敞又明亮，即使是旅遊淡季仍擠滿朝聖的遊客，我加入排隊進場的人龍，心中卻幻想著羅柏蘭登如何一步步走向索尼耶赫全裸的屍體，以及心懷不軌的法舍探長所設下的圈套。

羅浮宮（Musee du Louvre）位於塞納河北岸，緊鄰杜勒麗公園，數世紀以來這兒曾是法蘭西皇室的宮殿，共和國的辦公大樓，如今被譽為全球最大、最氣派的博物館。我曾親自造訪過紐約大都會博物館和倫敦大英博物館，與它們比較之下，羅浮宮的美稱當之無愧。

為了區分廣闊的展場面積，羅浮宮又進一步隔為三個翼館，分別是北面的黎希留翼（Richelieu）、東面正方形的緒利翼（Sully）、以及南面的德農翼（Denon），各占羅浮宮三面建築的一面，翼館之間相互連接，旅客漫遊其中並不會感到有特殊區別。

「命案」所在地的德農翼是羅浮宮裡最受歡迎的翼館，這裡收藏著無數十三至十八世紀義大利重量級的繪畫作品，包括羅浮宮鎮館之寶《蒙娜麗莎》肖像。如今要感謝《達文西密碼》一書，讓德農翼的大陳列館成為全世界最有名的命案現場。我只花了十分鐘就買到入場券，

Musee du Louvre
羅浮宮

Nike of Samothrace
有翼的勝利女神

抗拒著拿出小說來對照的衝動，憑著對書中描述的印象進入德農翼館，沿著入口的勝利女神階梯上到一樓，出現在樓梯頂端的正是著名的《**有翼的勝利女神**》（Nike of Samothrace或Winged Victory）雕像，丹·布朗在小說中提到這是羅浮宮三件最重要的寶藏之一，事實上正是如此。

《有翼的勝利女神》於一八六三年在希臘Samothrace島上被挖掘出土，高三點三米，用質地極細的Paros島白色大理石雕成，研判是西元前二世紀初期的作品，作者身份不詳，依雕像底座殘留的文字判斷，應該為當時愛琴海霸主羅德人所製。勝利女神的頭和雙臂都已失落，只剩下一隻手被陳列在雕像旁的玻璃箱內，即使雕像殘缺不全，絲毫不損《有翼的勝利女神》的藝術價值，反而更增添它的超世美感。

這個雕像曾經是眾神殿建築的一

部分，應該是為了慶祝羅德人海戰勝利所製做的，最早被放在露天半圓型劇場上供人欣賞。它描述希臘勝利女神 Nike 迎著風由天而降，準備降落在一艘戰船頭部，學者推測女神雙手曾握著勝利的號角，從她展開的巨大翅膀和緊貼身體和大腿的長袍紋路當中，參觀者幾乎可以感受到女神頂著強勁海風向前挺立的平衡感，在獨特流暢的動感中，一種存在於雕像及周圍空間的無形張力被表現得淋漓盡致，要再經過漫長歲月後人們才會再看到類似的藝術成就，因此《有翼的勝利女神》被廣泛譽為最偉大的希臘化時期雕像。

殘缺的《有翼的勝利女神》是當今重要的文化偶像之一，在全世界各地都能看到它的仿製品，包括雕像出土的眾神殿原址博物館內，以及拉斯維加斯的凱撒宮賭場前，但都不及羅浮宮真跡來得充滿戲劇性和震撼力。

命案密碼，死者留言

看完女神雕像後向右轉，就準備進入義大利畫派區，杜夏戴勒廳入口特別立起禁止照相攝影的牌子，但包括我在內忽略這規定的旅客不在少數，隨處可見的管理人員也多睜隻眼閉隻

眼，其中一位管理小姐偶然和我目光交錯，她看著我手中的數位相機，臉上竟露出我頗為熟悉的表情，那是念小一兒子淘氣時我常流露的苦笑，這和我在倫敦的經驗可謂大異其趣，也讓我對法國人的隨性更加欣賞。

穿過杜夏戴勒廳後是一個方型沙龍，這兩段空間展出以佛羅倫斯為主的文藝復興初期作品，喬托的《耶穌受難圖》和契馬布耶的《聖

大陳列館

母和嬰孩耶穌》是其中代表，細心的參觀者可以從中看出拜占庭肖像畫風的影響，但畫作開始展現較柔和的線條，為之後文藝復興全盛期立下基礎，另一幅由安傑利訶修士創作的《聖哥斯梅與達米安的殉道》，清楚表現了十五世紀初從佛羅倫斯開始發展的「聚焦透視」技法，從此讓畫作有了深淺距離的效果，參觀者可以親眼目睹繪畫藝術改革正在眼前發生。

　　沿著方型沙龍遊客很自然會轉向右邊，面對一扇六米高、二米寬的木門，這扇門初看並不顯眼，門後卻是個深不見底如「峽谷」般的長廊，也就是我期待已久的大陳列館。小說裡特別提到這扇門，索尼耶赫館長為了躲避追殺，刻意扯下一幅卡拉瓦喬的畫，觸動了保全系統，大門上降下鐵柵欄，將凶惡的殺手西拉阻擋在大陳列館之外，但西拉還是隔著柵欄鐵條槍擊了索尼耶赫。我特別站在這扇門下尋找鐵柵欄的位置，最後確定它並不存在，鐵柵欄只是丹‧布朗虛構的創意，這個結論稍後獲得管理員的確認，原來鐵柵欄是過時的保全觀念，將小偷和無價的藝術品關在一起其實是非常不智的，現今的博物館多依賴閉路電視系統進行監控。

　　大陳列館（Grand Gallery）又稱為大迴廊，總長竟達半公里，從博物館發展初期就扮演著重要角色。值得一提的是一八一〇年拿破崙再婚，在前述的方形沙龍內迎娶奧地利公主，迎親行列就曾大搖大擺地走過這條長廊，讓無數藝術珍寶見證了當時的世紀婚禮。

　　大陳列館上方是白色的拱形天花板，兩側和周圍相通的空間中則掛滿十三世紀以降的義大

陳列於大陳列館中的拉斐爾《美麗的女園丁》（上）、提香《戴上荊棘冕的基督》（下）

利畫派傑作，其中又以佛羅倫斯和威尼斯等地
文藝復興時期的大師作品最令人讚嘆，除了稍
後會詳細介紹的六幅達文西名作，還包括與達
文西齊名的拉斐爾所繪《美麗的女園丁》、提香
的《戴上荊棘冕的基督》、曼帖那的《耶穌受難
圖》、吉爾蘭戴歐的《老人與孫女的肖像》以及
麥錫那的《柱上的基督》等。從這些代表作中
我們發覺透視法被運用得更加徹底，對細節和
色彩的表現也更加考究。

《達文西密碼》小說中，形容大陳列館的橡木
條地板是這個翼樓最令人驚異之處，「展示出
令人目眩的幾何設計，製造出一種短暫的視覺
幻覺……令參觀者感覺自己漂浮在展場間的多
次元網路，每踏出一步，感覺上就好像是在展
覽館的地板上漂浮。」

針對這個描述，我花了五分鐘盯著橡木地板
發呆，嘗試去領會那種在地板上漂浮的神奇感
受，最後我宣告失敗了，也許是想像力不夠，
也許對一個虛構的小說故事逐句檢驗太嚴苛
了，但對我而言，大陳列館的地板就是由八道
以鋸齒狀排列的深淺顏色木條所組成的。

即使如此，丹·布朗選擇將命案現場設在大
陳列館的創意值得恭維，他讓索尼耶赫中彈後

又掙扎了好一會兒，最後倒在大陳列館三分之二深處，死前他躺在地板正中央的軸線上，用夜光筆依手臂長度畫出一個大圓圈，再留下一連串密語，最後他脫光全身衣服，以大鷹展翅的「維特魯威」姿態死在大圓圈裡。出人意料的命案地點，匪夷所思的死法，費解的迷團。讀者們念到這裡時，很難不被小說情節深深吸引住，廢寢忘食地繼續翻到下一頁。

作為一個文化圖騰，李奧納多‧達文西的《維特魯威人》在一般人腦海中烙印著無可抹滅的印象，我們反覆從電視、電影、廣告、海報等大眾文化產品中接觸到這個圖騰，即使我們不瞭解《維特魯威人》的真正義涵，它在大眾的集體潛意識中存有直覺式的神祕感和吸引力。

維特魯威（Vitruvius）是古羅馬時代的建築師兼工程師，他留下的古代建築理論中有一套人體比例的「量化」標準。從文藝復興開始，已經有千餘年歷史的維特魯威理論多次被繪成圖畫，其中最有名的版本就是達文西的**《維特魯威人》**（Vitruvian Man），讓

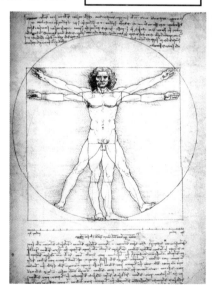

Vitruvian Man
維特魯威人

19

這位不太成功的建築師得以永垂不朽。

維特魯威提出的人體比例包括以下的標準，現代人讀起來不免好笑：手掌寬度為四個手指寬、腳長為四個手掌寬、手腕為六個手掌寬、身高為四個手腕長、雙臂平舉的總長度等於身高、從髮線到下巴距離等於身高十分之一、頭頂到下巴距離等於身高八分之一、肩膀總寬不超過身高四分之一、手的長度為身高十分之一、鼻子到下巴距離等於臉長三分之一、髮線到眉毛距離等於臉長三分之一、耳朵長度為臉長三分之一等。

根據這套理論，維特魯威主張人向外伸展的雙手和雙腳剛好會位在一個同心圓和正方形的四個交點處，而這個圓形及正方形的中心點剛好就在人體肚臍的位置。但是這個理論有不少缺陷，它拘泥於幾何圖形的完美性，反而忽略了人體實際的長度，十六世紀的米蘭測量家Cesariano曾按此理論製成木刻畫，結果發現要刻意加長手腳的長度才能勉強符合維特魯威理論。

一四八○年代末期，達文西開始對人體結構和比例發生了興趣，當時他正準備為一位米蘭貴族製做騎馬姿態的銅像，於是展開對人坐姿

和跪姿的研究，之後他打算寫一本關於人體的書，花了數月時間實際去測量兩個年輕人的身體，最後在一四九〇年繪出不朽的《維特魯威人》，素描下方還用反寫字體寫成了筆記。在達文西的版本中，人體比例和一個同心的圓和正方形不存在絕對幾何關係，裸男伸展的四肢確實落在以肚臍為圓心的圓圈上，但以身高畫成的正方形中心點並不是圓心，而是落在圓心下方的位置，如此裸男伸展的四肢不可能落在同心圓和四方形的交點上，當手臂舉到頭頂的高度，會觸到四方形的上緣，而非四方形的角。

這幅兼具藝術和科學價值的《維特魯威人》，對古羅馬時代唯一遺留下來的人體比例理論提出了適當修正，這個革命性創見被譽為文藝復興的偉大成就之一，也是達文西探尋人類與自

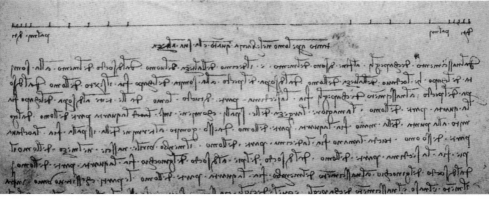

《維特魯威人》（下方局部）

然間奇妙關係的最佳佐證，對維特魯威理論做出了最佳的詮釋，它的真跡如今被存放在威尼斯的 Gallerie dell Accademia。

羅浮宮的輝煌與滄桑

除了大陳列館內的義大利傑作，最讓我感興趣也最困擾我的是羅浮宮建築本身。丹·布朗形容羅浮宮形狀像個「馬蹄鐵」，我個人覺得馬蹄鐵並不是貼切的比擬，因為羅浮宮兩側的翼樓並不如馬蹄鐵般向內彎，反而稍微朝外打開，讓整座宮殿呈現反向的「匚」字形，三面都是富麗堂皇的新古典主義精緻建築，唯獨西面是個朝向杜勒麗公園的開口，這正是令我不解之處，一座法國皇宮怎麼會採取開放式的空間設計，任由其中一面沒有任何屏障呢？我嘗試從羅浮宮的歷史中尋找答案，結果正如我所料，這個「畸形」的西面開口並非原始設計，十九世紀末動亂的巴黎決定了今天的羅浮宮，當年的歷史傷口反而成就羅浮宮無與倫比的壯麗視野。

從最早的奧古斯都城堡時期算起，羅浮宮已有八百年歷史。有興趣的遊客可以到羅浮宮拿破崙大廳的歷史展示廳，從十幅以空中俯視角

度製成的彩色模型圖瞭解羅浮宮建築的變革。
巴黎於西元六世紀成為法蘭西的首都，之後經
過六百年發展，到了菲利浦—奧古斯都在位時
已成為西方的政治文化中心。菲利浦—奧古斯
都為了防禦來自塞納河南岸的侵略者，於一二
○○年在首都西側牆外建造了一座要塞，城堡
中央築有圓型主塔，由立有小塔的四邊形厚重
牆壁圍住，外圍再環繞著堅強的外牆，這座城
堡是「菲利浦式」堡壘的完美典型，歐洲各國
曾競相模仿效尤。

　　十四世紀中葉，查理五世將奧古斯城堡變成
王公貴族的住所，羅浮宮極盡奢華的金粉裝潢
歲月從此沒有停過，接下來的六百年間幾乎每
一位新君主都要對羅浮宮加點新東西才過癮。
十六世紀初法蘭西斯一世將塔樓拆毀，在舊中
古城堡邊加蓋一座新側翼；亨利二世增加了塞
納河岸的大樓閣，他的遺孀凱薩琳皇后再將其
改建為杜勒麗宮；查理九世於一五六六年完成
一條連接國王樓閣與杜勒麗宮的長堤。長堤成
為德農翼和大陳列館的前身，杜勒麗宮所在位
置就是今天羅浮宮的西面。

　　現今羅浮宮的原始構想出自亨利四世的「偉
大計劃」，亨利四世和其子路易十三世在位的十

六至十七世紀中期，正是羅浮宮建築工事方興未艾的階段，他們實現了將方型中庭正面擴增四倍的夢想，更沿著塞納河興建新古典主義的「陳列廊」，連接了羅浮宮和杜勒麗宮，再將方型中庭西側翼擴大為兩倍並建造了鐘樓，也就是今天的緒利翼館。

十八世紀中到十九世紀中的百年間羅浮宮持續增建，新古典主義的風格不但主導著羅浮宮工事，更對整個巴黎市造成深刻影響，協和廣場、希沃里街、主要紀念碑和大型建築物都在這段期間內建造完成。羅浮宮博物館於一七九三年八月十日在大陳列館開幕，珍藏品來自法國大革命後被查封的國王或貴族宅邸、教堂、以及革命軍隊在歐洲各地征戰的掠奪品。拿破崙封帝後，羅浮宮曾改名為拿破崙博物館，拿破崙住所杜勒麗宮修飾得更為奢華，杜勒麗公園宛如巴黎市中心的綠色心臟。

今天我們所熟知的羅浮宮主體出自拿破崙三世，竣工於一八七○年，唯一的例外是杜勒麗宮。杜勒麗宮一直都是法國元首在巴黎的住所，也因此成為政府腐敗無能的象徵，一八七一年第二帝國瓦解後巴黎暴發「巴黎公社」反抗運動，五月間從凡爾賽來的政府軍與巴黎公

騎兵凱旋門和金字塔夜景

社發生激戰，在這法國歷史上有名的「血腥週」期間，公社成員焚燒了杜勒麗宮、皇家宮殿、財政部、以及羅浮宮圖書館等地，杜勒麗宮廢墟一直保存到一八八二年才被拆除，留下今天羅浮宮西面的空白。

夕陽西下之際，我站在孤零零的騎兵凱旋門（或稱卡盧索拱門）下憑弔這段逝去的歲月，騎兵凱旋門（Arc de Triomphe du Carrousel）曾經是杜勒麗宮入口的大門，如今少了皇宮加持，它自動變成杜勒麗公園的東側門。《達文西密碼》中，蘭登被巴黎警察從飯店載走後經過了杜勒麗公園，最後穿越騎兵凱旋門來到羅浮宮入口，現實中丹·布朗再一次虛構了這個

協和廣場方尖碑

25

過程，因為杜勒麗公園在夜間是對外關閉的，車輛無法進入，夜間車輛要到博物館應該走希沃里街九十九號的入口，進入騎兵方庭後繞圓環半圈即到，但如此看盡滄桑的騎兵凱旋門會被排除在小說之外，那就太可惜了。

從騎兵凱旋門往東面望去，不遠處的玻璃金字塔正好嵌入它中央的拱門內，夜幕低垂之際散發出淡淡銀光；往西面的視野更為開闊，穿過杜勒麗公園大道和噴水池後，我的視線被協和廣場（Place de la Concorde）上高大的四方形尖碑吸引，在它背後是香榭麗舍大道，大道盡頭就是巴黎最著名的地標，拿破崙為歌頌自己所興建的凱旋門（Arc de Triomphe）。那一瞬間我突然瞭解了，原來羅浮宮、騎兵凱旋門、協和廣場、和凱旋門都位在一條直線上。這讓我想起美國首都華盛頓特區的設計，國會山莊、華盛頓紀念碑、林肯紀念堂、以及遠處山頭上的阿靈頓公墓也都在一條無形軸線上，這難道是偉大首都的共同特徵。

思索之間我走回金字塔入口前，我轉過身來，果然一路看到最遠處凱旋門的燈火，真是美呆了！

神祕的完美女性──蒙娜麗莎

　　《達文西密碼》中巴黎的部分大都發生在深夜裡，為了更真實地體驗小說情境，天黑後我重返德農翼的大陳列館，但這次我有不同的目的，我要感受更精緻神祕的美，這次我要探尋**蒙娜麗莎**。

▼

La Gioconda
（Mona Lisa）
蒙娜麗莎

　　羅浮宮的開放時間為上午九點至下午六時，周三和周五延長到晚間十點，周二則休館，入夜後觀光客明顯減少，但是往大陳列館移動的人數仍然可觀，即使沒有博物館索引圖在手邊，遊客很難找不到《蒙娜麗莎》，因為館內到處都貼有指向《蒙娜麗莎》的箭頭。我走到大陳列館約三分之一深處時向右轉進國事廳（或翻譯成三級會議廳），前方約十公尺處新立起一道牆，牆中央嵌著一個四米高、兩米寬的金屬框，金屬框外有一層不反光的防彈玻璃，金屬框的正中央就掛著《蒙娜麗莎》，它位在離地面約二點五米的高度，尺寸比我想像中還要小，僅七十七公分長，五十三公分寬，中等身材的我只能從一米外仰望這幅曠世之作。

　　其它展館的管理員對拍照採取放水態度，國事廳裡這位留著小鬍子的男士則讓我想起西敏寺裡嚴峻的修士，他又像是保護美國總統的祕勤局幹員不斷掃視人群，任何人稍微舉起照相機就馬上被制止，這多少影響了參觀者賞畫的情緒，但這遠不及那片所謂不反光玻璃帶來的困擾，蒙娜麗莎至少有半張臉被遮在光線造成的陰影中。無可奈何之餘我只能讓自己平靜下來，期望與《蒙娜麗莎》面對面的興奮能補償失望，奇妙的是，當我盯著全世界最神祕的微笑一分鐘後，噪音和陰影不再困擾我，我開始感覺麗莎‧喬孔坦夫人在對我透露她不為人知的祕密。

　　《蒙娜麗莎》為什麼成為藝術史上最有名的畫作？畢竟在十九世紀中葉之前它並不受重視，當時《維特魯威人》或《最後的晚餐》才是達文西的代表作。這個問題在我心中已經存在多年，為了這趟旅程我重新閱讀了關於這幅畫的介紹，才逐漸形成個人的結論，簡單而言答案有三：蒙娜麗莎的身份、畫作的獨特歷史、以及畫本身的藝術成就。

　　《蒙娜麗莎》又稱為《喬孔坦》（Ｌａ Gioconda），是達文西為佛羅倫斯絲綢富商弗朗

達文西《蒙娜麗莎》

西斯科‧喬孔坦（Francesco del Giocondo）的第三任妻子麗莎所畫的肖像，以慶祝他們喜獲麟兒和新居落成，達文西於一五○三年開始畫《蒙娜麗莎》，三年後才完成。我讀過的資料都沒解釋為什麼肖像沒有送交給喬孔坦，反而一直留在大師身邊，一五一六年他受邀到法國時就帶著《蒙娜麗莎》，最後法蘭西斯一世以四千克朗金幣將它買下。

看起來蒙娜麗莎的身份再清楚不過，事實上卻不然。藝術史家肯定喬孔坦確有其人，是佛羅倫斯的望族，但有關他夫人麗莎的資料卻很缺乏，只知道她一四七九年出生在托斯卡尼一個平凡家族，一四九五年嫁給喬孔坦，許多人戲稱《蒙娜麗莎》的微笑其實來自她嫁入豪門的衷心喜悅。

畫中的麗莎是否就是歷史上的麗莎，數十年來爭議不斷，有史家指稱她其實是米蘭女公爵亞拉崗的伊莎貝拉，或是統治佛羅倫斯的麥迪奇家族（de Medici）中某位仕女，甚至有史料指向弗朗西斯科‧喬孔坦本人。最「勁爆」的理論當屬美國電腦藝術家舒瓦茲（Lillian Schwartz），她於一九八○年代運用電腦合成技術，將李奧納多紅炭筆自畫像的左半臉翻轉一

達文西紅炭筆自畫像左右
反轉（右）和《蒙娜麗莎》
畫像（左）。概念源自舒瓦
茲《蒙娜李奧》

百八十度，與《蒙娜麗莎》的左半臉相比對，
發現兩張臉從眉毛、眼睛、鼻頭到下巴的線條
都完全吻合，她進一步將這張自畫像翻轉一百
八十度後與《蒙娜麗莎》影像重疊，結果兩張
臉的輪廓和特徵也極為接近。舒瓦茲藉此主張
《蒙娜麗莎》其實是達文西本人的自畫像，她合
成兩幅畫創造出的《蒙娜李奧》（Mona Leo）也
成為精典的現代藝術品。

　　自從《蒙娜麗莎》進入法蘭西皇室後，它先
後被放置在楓丹白露宮和凡爾賽宮，法國大革
命後羅浮宮成立博物館，它才被移到這裡。但

達文西紅炭筆自畫像原畫

各小圖為達文西《蒙娜麗莎》局部

是《蒙娜麗莎》在羅浮宮的日子並不安穩,拿破崙曾把它擺到他在杜勒麗宮的臥房內,普法戰爭和二次世界大戰期間它也被移出博物館避難。最讓人津津樂道的是它曾在一九一一年演出失竊記,八月某日博物館工人貝魯奇(Peruggia)受雇於義大利騙子迪瓦菲爾諾(Valfierno),直接將《蒙娜麗莎》藏在外套底下帶出宮,但是迪瓦菲爾諾的真正計謀不是《蒙娜麗莎》的真跡,而是利用名畫被偷的機會製做複製贗品出售,所以畫偷出來後他再沒和貝魯奇聯絡,整個巴黎市陷入瘋狂,包括畢卡索在內數位名人被逮捕調查,許多法

國人悲觀地認為《蒙娜麗莎》再也無法找回,事實上貝魯奇將畫放在身邊兩年,最後自己嘗試將畫賣給佛羅倫斯藝術商時被捕,《蒙娜麗莎》在義

各小圖為達文西《蒙娜麗莎》局部

大利巡迴展出後，於一九一三年重新回到羅浮宮懷抱。

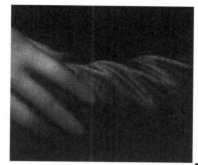

世界上有另一幅畫在未討論其藝術價值前就有這麼多故事嗎？

《蒙娜麗莎》是

十五世紀末佛羅倫斯肖像畫風的典範，麗莎的上半身以三分之二角度面向前方，但麗莎和觀者間距離較一般肖像畫更近，如此強化了視覺印象和衝擊力，達文西在畫《蒙娜麗莎》臉龐和頭髮連接部位和五官陰影時將他著名的「暈塗法」（sfumato）揮到極致，所有的線條都被如輕霧般的朦朧美感所取代，除此之外達文西對輕薄頭紗、胸前蕾絲和袖子皺摺等細節的處理也是一絕，山水背景的三度空間和藍綠色光暈突顯了麗莎的形象，左右景物不對稱的水平線增添後人的臆測遐想。

雖然肖像的主光源應來自前方，觀者不自覺以為有一股柔和的光澤自麗莎體內散發出來。最令人著迷的是她那帶著點哲學味的「神祕」微笑，它是否如許多藝評家所稱是達文西依聖

母形象所創造的「完美女性」典型，亦或大師捕捉到一位少婦對她幸福生活不自覺的滿足感呢？

　　做為全世界最有名的肖像畫，《蒙娜麗莎》在現代大眾文化中早已到了被「濫用」的地步，《達文西密碼》正是最新的例子，嚴格說起來這幅畫在小說中的角色有限：它是索尼耶赫第一個變位字謎的答案，第二個變位字謎寫在它的防彈玻璃上，再來就是蘭登提到MONA LISA的變位字。然而英文原版和台灣中文版《達文西密碼》無獨有偶都選擇以它做為封面，由此可知《蒙娜麗莎》對現代人無可抗拒的魅力了。

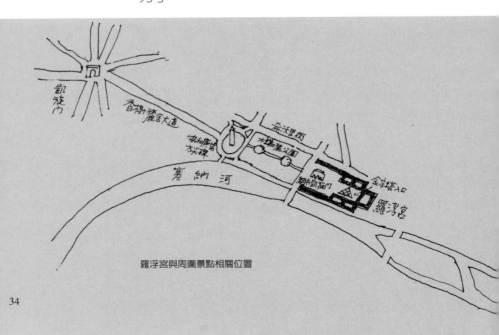

羅浮宮與周圍景點相關位置

【後語】

　　《達文西密碼》指出，MONA LISA是古埃及男女繁殖神祇「阿蒙」和「依西絲」的變位字AMON L'ISA（義大利文的Isis），達文西的《蒙娜麗莎》其實是個男女結合體，這種創意說法或許是受到前述《蒙娜李奧》的啟發，但它有歷史實證上的謬誤，因為《蒙娜麗莎》的名字並非達文西取的，達文西在世時通常稱它「某某佛羅倫斯仕女」，大師去世三十一年後這名字才首次出現在瓦薩里（Giorgio Vasari）為他寫的傳記中，Mona是義大利文Madame或My Lady的意思，《蒙娜麗莎》其實就是《麗莎夫人》。事實似乎比想像來得更有趣些。

麗都戲院前

香榭麗舍大道旁的LV旗艦店

凱旋門夜景

【題外話】

香榭大道

　　香榭麗舍是巴黎最有名的一條大道，它的起頭在戴高樂廣場，廣場中央正是凱旋門，以此圓形廣場為中心，有十二條大街放射出去，其中最美麗的當屬香榭麗舍，一路延伸至協和廣場，總共有四個地鐵站這麼長。早年這條大道旁盡是皇室宮殿建築，如今都已被高級服飾店、戲院、餐廳取代。坐在香榭麗舍旁的露天咖啡座喝杯拿鐵，欣賞來往的時髦巴黎仕女，幾乎是遊客不能少的標準動作，但冬夜裡我自動放棄這個目標，走在香榭麗舍上，幾乎像是回到紐約的第五大道，我在麗都（Lido）劇院前停下來，這裡以上空歌舞秀聞名，但今晚的人潮多半是為隔壁的《斷背山》首映會而來，我忍不住分享了一點李安的驕傲。

巴黎凱旋門和香榭麗舍大道

線索 ❷
李奧納多的密碼

【關鍵字 keywords】
・李奧納多
・施洗者聖約翰
・岩窟中的聖母
・最後的晚餐
・約翰的手勢

大陳列館面對國事廳入口的牆上，一連掛著另外五幅達文西的名作，分別是《聖母聖嬰和聖安娜》、《岩窟中的聖母》、《不知名仕女肖像》（或譯為《美女圖》）、《施洗者聖約翰》以及《施洗者約翰》。在《蒙娜麗莎》的光芒下這五幅畫常被忽略，它們的藝術成就或許無法超越《蒙娜麗莎》，但每一幅作品本身都充滿了故事。

　　一般人很難瞭解，可以一口氣看完五幅達文西油畫真跡是件多麼難得的享受，因為流傳後世的達文西油畫實在太少了。長久以來這位文藝復興天才唯一被詬病的就是他超低的「完成率」，部分是他所處環境變化所造成的，更大的原因是他過於廣泛的興趣以及緩慢的創作速度，乃至今天遺留下來的達文西油畫（含壁畫）不超過十八幅，其中羅浮宮就占了三分之一，單是這項紀錄就足以讓羅浮宮傲視全球博物館，也讓參觀者值回所有往返巴黎的花費，因為大師待過最長時間的佛羅倫斯和米蘭也僅各收藏兩幅達文西，聖彼德堡也有兩幅，倫敦、梵諦岡、華盛頓、慕尼黑、和波蘭的克拉科各保有一幅，另外還有一幅屬於私人收藏。

　　丹・布朗雖然將小說取名為《達文西密碼》，

對達文西作品中密碼的介紹卻相當缺乏，《蒙娜麗莎》中是否傳達了男女結合的概念，只能說是見仁見智。唯一詳細介紹的是《最後的晚餐》，對這幅壁畫的解讀集中在約翰是否被畫成女子，其它部分的分析就顯得勉強突兀，《最後的晚餐》對整部小說的發展也無關緊要，它不是任何字謎的細索，丹‧布朗似乎用它來在證抹大拉在耶穌心中的特殊地位，由此間接加強達文西和錫安會的關係。當讀者接受了達文西把約翰畫成抹大拉的事實，那達文西曾是錫安會盟主的說法就顯得真實了。

讀完參考資料之後，我發覺這可能會是《達文西密碼》愛好者最大的遺憾，因為達文西作品中有更多可以探討的「密碼」，大陳列館並排的五幅作品中至少三幅與密碼息息相關，將這些密碼與《最後的晚餐》以及其它數幅達文西拿來共同研究時，它們之間形成一個連續而完整的脈絡，即使觀者對其中某一幅畫的解讀有疑慮，當所有作品綜合來看卻讓人不得不相信達文西在畫中「動了許多手腳」。

藝術家李奧納多

首先要介紹《聖殿騎士團之密大公開》（*The*

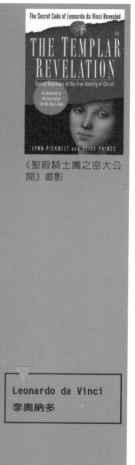

《聖殿騎士團之密大公開》書影

Leonardo da Vinci
李奧納多

Templar Revelation）這本書，丹・布朗技巧地把它寫進故事當中，藉提賓爵士之口承認此書是作者重要的參考書，但讀完《聖殿騎士團之密大公開》後我才瞭解，此書被參考程度之深超出尋常，小說中對《最後的晚餐》的分析幾乎一字不差地出自此書第一章〈李奧納多・達文西的祕密符碼〉（The Secret Codes of Leonardo da Vinci），這章的篇名讓人不禁合理懷疑是否就是《達文西密碼》書名的靈感來源。此章最精采之處是列舉了所有達文西作品中可能的密碼，丹・布朗只擷取了其中一部分。

李奧納多・達文西於一四五二年出生於義大利中部佛羅倫斯附近的文西鎮。嚴格說起來，我們慣用的「達文西」或「達芬奇」都不是正統的說法，他名字的真正意思是「來自文西的李奧納多」，因此西方藝術界對大師正統的稱呼都是「**李奧納多**」或「李奧納多・達文西」，丹・布朗顯然也犯了這個錯誤，然而我懷疑他或出版社是故意犯錯的，畢竟《達文西密碼》比《李奧納多密碼》來得響亮多了。

後世歷史學者和藝評家筆下的早年李奧納多是俊美、迷人、多才多藝的少年，他是個左撇

子，常寫出從右至左的反體字。他是個私生子，年幼喪母，從很小年紀就顯現過人的繪畫和音樂資質，十四歲時被父親送到佛羅倫斯傑出畫家及雕塑家維洛基歐（Andrea del Verrochio）的工作室當學徒，長大後他不但成為最偉大的視覺藝術家，也是位超越當代的科學家和工程師。

　　李奧納多在學徒時期就展現對線條畫的天分，沒有任何畫家像他一般留下如此豐富的平面條線畫集，包括對實體的素描以及天馬行空的幻想之作；他花了很深功夫研習布幔皺摺和山水風景的畫法，他在一四七三年繪的一幅風景素描被視為藝術史上最早的山水畫之一。這些訓練都是他日後繪畫成就的基礎，幾乎每一幅達文西油畫都以複雜的水山做為背景，而且每幅關於聖母或仕女的

維洛基歐與達文西合作完成的《耶穌受洗》

畫中都少不了對各式衣服織品的細緻表現，這
在介紹《蒙娜麗莎》時已有詳盡的說明。

　　一般相信維洛基歐一四七五年完成的《耶穌
受洗》（The Baptism of Christ）　中，右下角跪
著的兩位天使就出自李奧納多之手，與老師所
畫的耶穌及施洗者約翰相比，兩位天使展現的
風格和技巧明顯較優，據說維洛基歐受到刺激
從此不再提起畫筆，只專心從事雕塑創作，雖
然沒有確切證據證明這故事的真實性，《耶穌
受洗》之後再沒什麼畫作和維洛基歐的名字聯
在一起，卻是不爭的事實。

　　李奧納多早期四件作品深受維洛基歐風格的

《聖母與康乃馨》

影響。《聖母與康乃馨》（Madonna
with the Carnation）　被視為他第一
幅獨自完成的油畫，康乃馨是耶穌
受難的象徵，聖母右側水晶瓶內的
水仙花則象徵瑪利亞的純貞，今天
這幅畫被收藏在德國慕尼黑；《柏
諾瓦的聖母》（Madonna Benois）
則收藏在聖彼得堡，它是一幅較不
受重視的小幅聖母畫，但從中我們
似乎已經可以看到「暈塗法」的技
巧運用，也看出李奧納多在人物動

作和表情上所做的突破性嘗試。

　　《天使報喜》（The Annunciation） 是重要的《聖經》場景，描述大天使加百列前來告訴處女瑪利亞她被挑選生下聖子耶穌。《天使報喜》今天被收藏在佛羅倫斯烏菲茲（Uffizi）美術館，藝術界對這幅畫是否完全由李奧納多完成存有爭議，據信此畫的構圖、大天使加百列和

《天使報喜》

山水背景確實出自他手，天使的翅膀很可能被後人重畫過。從這幅畫開始我們可以領略李奧納多對山水背景的重視，從對霧氣、水和光線的掌握中他創造了一種特殊的情境氛圍，這在他日後更成熟的作品中將不斷重覆。

　　《琴內拉》（Ginevra de'Benci）完成於一四八〇年，是李奧納多第一幅世俗肖像畫，風格和人物造形深受十五世紀北方法蘭德畫派影響，但李奧納多大膽運用檜樹的針葉做為背景，並試著增加畫面的律動感，琴內維拉的上半身雖然呈四十五度角，她的臉幾乎面對著觀者，如此即使她的臉上沒有任何表情，卻仍能散發出

《琴內拉》

若干活力，這種特色也將重複出現在他未來的肖像畫中。《琴內拉》現今屬於私人基金會，出借給華盛頓國家畫廊做長期展出。

李奧納多二十四歲時差點惹禍上身。一直以來他具有同性戀傾向的記載就存在著，主要證明是他在一四七六時和另一名年輕人因雞姦行為被捕受審，在當時的基督教社會中理應處死，最後因缺乏人證被釋放。從此李奧納多的私生活都很神祕，個人畫室中常聚集著英俊的年輕人，跟著他從一個城市移居到另一個城市。

《聖傑若姆》

一四七八年他正式「進入社會」，當時他二十六歲，以佛維倫斯為首的義大利文藝復興已悄然展開，佛維倫斯藝術市場上充斥著各個名家，年輕的李奧納多默默無聞，只能接到小規模的委託案。隔年他開始受邀在麥迪奇花園畫室工作，其間靠著父親人脈獲得聖伯納教堂的祭壇裝飾畫案子，但李奧納多開始顯露他有始無終的古怪習慣，他甚至從來沒有動筆畫這幅畫，反而靠著另一幅《聖

傑若姆》（St.
Jerome）打響知
名度。聖傑若姆
是古《聖經》學
家和博學的早期
拉丁教父，這幅
畫目前收藏在梵
諦岡，描述他跪
在沙漠中懺悔，
面前躺著一隻獅
子，而獅子正是
他的象徵。從藝
術的角度來看，
《聖傑若姆》肩部
的肌肉線條開始
透露李奧納多對

《三聖來朝》

人體結構的興趣，聖徒的身體姿態和痛苦表情
讓人聯想到後來的《最後的晚餐》。遺憾地，李
奧納多選擇放棄這幅畫，將注意力轉向更重要
的委託案：聖奧古斯都修道院教堂的巨幅《三
聖來朝》（小說中翻譯成《東方三賢士的朝
拜》），從這幅現存佛羅倫斯烏菲茲美術館的畫
開始，我們將進入李奧納多的密碼世界。

若有似無的密碼世界

《三聖來朝》(Adoration of the Magi)是重要的《聖經》故事，三位來自東方的國王跟隨著「伯利恆之星」到達聖嬰出生地，向新生的耶穌朝拜，並贈送他三件珍貴的禮物。《三聖來朝》算是李奧納多第一幅大師級作品，它的構圖有著嚴謹的幾何透視規律，聖母抱著聖嬰坐在畫面中央的岩石上，瑪利亞的丈夫約瑟可能是她背面或圖畫最左邊的老者，三聖分別跪趴在聖母和聖嬰左右側，神聖家庭身後有數十位三聖的隨眾圍成半個圓圈，他們或看著聖母聖嬰，或仰望著一棵枝葉茂盛的高樹。背景是《三聖來朝》主題慣用的大衛王宮殿廢墟，藉以象徵耶穌和大衛間的血緣關係。

第一次欣賞這幅畫的人會對它整體的晦暗氣氛感到詫異，《三聖來朝》應該是莊嚴而歡愉的場合，但李奧納多刻意避免任何喜樂元素，除了聖母和聖嬰外，所有靠近她們的人都顯露出槁木般的枯瘦或病態。根據《聖殿騎士團之密大公開》的分析，李奧納多是故意的，他想透過《三聖來朝》傳達不同的訊息。聖母和聖嬰雖不如朝聖者般病態，但也缺乏生氣和色彩，這讓《聖經》中著名的朝拜儀式流露著哀

傷而非喜樂。三位聖賢應該每人各贈送一件禮物，但他們只拿出乳香和沒藥，最貴重的金子卻不在畫中，而黃金在十五世紀正是君王的象徵。

　　相反地，在這群人後面還有第二群人，他們臉部的表情相較之下顯得正常而健康，他們忽略了前方正在進行的儀式，反而向大樹的樹根或上方的枝葉朝拜，樹旁有一個人舉起右手，他的右手食指伸直朝向上方。書中強調，畫中這棵大樹是角豆樹，它是**施洗者聖約翰**的象徵。另外還有一個有趣的觀察，圖畫最右側畫著一個年輕人，據稱就是李奧納多以自己當模特兒畫的，這個年輕人應該屬於朝拜聖母聖嬰的這組，他卻將臉背向神聖家庭，似乎刻意朝圖畫外的方向看去。

《三聖來朝》（局部）

St John the Baptist
施洗者聖約翰

　　《三聖來朝》中真有隱含的密碼嗎？如果真如《聖殿騎士團之密大公開》所寫的，這些密碼又有什麼特殊意義呢？《聖經‧馬可福音》中形容施洗者約翰「穿著駱駝毛和皮帶，吃蝗蟲和野蜂蜜。」後世研判蝗蟲指的是當時地中海東岸盛產的角豆莢，因此角豆又稱為蝗蟲或「聖

約翰的麵包」。即使確認了這一點,我仍覺得《三聖來朝》中所謂的密碼牽強有餘,震撼不足。但當我看完其它李奧納多作品後我開始改觀了,特別是關於那根伸直的食指……

李奧納多花了許多時間去研究人、大自然、動植物和建築物,所有的事物在他眼中都充滿著千變萬化,他會不厭其煩地為每張油畫先反覆畫出草圖,嘗試將他細心觀察的心得轉換到作品中,大量重覆繪畫並不會減損他的熱情,反而帶給他特殊的樂趣,許多時候他讓自己迷失在細節中,當呈現在作品中的形象與他期望有距離時,他會因沮喪失望而停滯甚至放棄,這似乎是這位偉大天才的宿命。

再一次李奧納多來不及完成《三聖來朝》就停筆了,主要原因是與麥迪奇家族交惡,一四八三年他離開佛羅倫斯移居到北方大城米蘭,嘗試成為米蘭大公魯多維科 · 史弗薩(Ludovico Sforza)的宮廷畫家,但這個願望要等到五年後才實現。他在米蘭接受的第一個大案子是聖方濟教堂新落成禮拜堂的祭壇畫,用以慶祝聖母瑪利亞純淨受孕的喜樂。出錢業主對這幅畫有非常明確的要求,畫的內容必須描

述一個基督的傳說故事：神
聖家庭曾經為了避難遠走埃
及，旅途中在荒野石洞裡遇
到天使以及嬰孩的施洗者約
翰，耶穌在這次巧遇中告訴
聖約翰，未來將由他來為自
己施洗。這個故事並非《聖
經‧福音書》的內容，而是
用來解釋一個難堪的基督教
問題：為什麼無罪的救世主
需要由另一個人為他施洗？
根據這個「解套」用的傳說
故事，原來早在褓褓時期耶
穌就做了安排，讓聖約翰為
他施洗其實是耶穌自己的決
定。

羅浮宮版《岩窟中的聖母》

　　《岩窟中的聖母》（The Madonna of the
Rocks）　是羅浮宮六幅達文西中最大的一幅，
高近二米，寬一點二米，它可能也是李奧納多
暗藏最豐富密碼的畫作。

　　畫中年輕的瑪利亞坐在一個黑暗的石洞裡
面，她的右手扶著一個嬰兒，溫柔的眼神也同
時望向該嬰兒，聖母左手掌張開呈爪狀，手掌

下方有另一個嬰兒坐在地上，正在為她右手邊的嬰兒施福，被祈福的嬰兒則呈跪姿，雙手合攏接受對方的施福，大天使烏列（Uriel）坐在第二個嬰兒背後，用左手扶住他的背，烏列的右手食指伸直指向被祈福的嬰兒，同時他側著臉面向前方，眼神意有所指地直視著觀畫者。

這幅作品完成於一四八六年，最值得欣賞的是四個人物之間相互交錯的姿體動態關係，讓安詳的畫面呈現出勃勃生氣，柔和的臉部光線和衣飾細節表現已經是李奧納多的招牌，與背後荒涼尖硬的岩石構造形成強烈對比，暈塗法的運用已臻成熟，讓整幅畫散發朦朧的美感。聖母胸前用來扣住披肩的珍珠和水晶象徵她的貞潔，這與瑪利亞純貞受孕的主題相互輝映，岩石也有強烈的象徵意義，暗示聖嬰之母正是不可被劈裂的基石。雖然兩個赤裸嬰兒長得幾乎一模一樣，李奧納多也沒給他們任何辨別身分的參考，世人對這幅畫的直觀解讀都認為聖母右手所扶的是聖約翰，在左邊對他施福的是耶穌，如此才符合基督教教義。

《聖殿騎士團之密大公開》卻有完全不同的解讀。作者參考一四八三年純淨受孕會（Confraternity of Immaculate Conception）所

簽訂的合約，原來當初業主要求的是一幅完全
符合石洞故事、色彩燦爛鮮明、用金飾、可愛
小天使和舊約先知來填補多餘空間的裝飾畫，
然而李奧納多的成品卻和他們期望相去甚遠，
不但神聖家庭的約瑟不在畫中，色調也偏陰
暗，完全沒有金飾、小天使或先知來豐富畫
面，交易雙方展開長達二十年的爭訟，最後李
奧納多不得不重新畫一幅《岩窟中的聖母》給
業主，才解決了這個爭端。在李奧納多「欺侮」
了這麼多位委託客戶後，純淨受孕會算是讓他
踢到一次鐵板，可能是唯一的一次。

　　然而在新版《岩窟中的聖母》中，上述沒有
按合約完成的部分並沒有被修正，約瑟仍然不
在畫中，金飾、天使、先知也仍然不存在，改
變的反而是一些細節的東西，這些改變正呼應
了《聖殿騎士團之密大公開》所謂的李奧納多
密碼。第一版《岩石上的聖母》中，兩個嬰兒
被畫成一模一樣是要創造視覺上的模糊，李奧
納多知道一般人會直觀認為約翰在聖母右邊，
耶穌在其左邊，但在李奧納多心中兩個嬰兒的
身份是相反的，聖母右手所扶的其實是耶穌，
她的左手掌向下則是在對聖約翰做出「威脅」
的動作，烏列所持扶的是施洗者約翰，他的右

手食指不客氣地指向耶穌。如此解讀完全改變了四人間的關係，老實說從視覺上比較合理，聖母慈愛的眼神和右手用在自己兒子身上似乎較貼切，而烏列一直都是聖約翰的保護者，由他來扶持聖約翰也更合理。

但如此角色互換創造了一個新的關係：聖約翰在為耶穌施福，耶穌跪著接受聖約翰的施福。這會是李奧納多真正要傳達的訊息嗎？

我在倫敦停留期間走了一趟國家畫廊，專程去觀賞於一五〇八年完成的第二幅《岩窟中的

倫敦版《岩窟中的聖母》

聖母》（The Virgin of the Rocks），細心的讀者會發現兩幅《岩窟中的聖母》用不同的英文名字做區別。如果我對羅浮宮版本的密碼解讀曾有任何懷疑，在看完倫敦版本後就完全消除了，這幅畫的色調變得較明亮，四個人物甚至亮得有些蒼白，大天使烏列之外的其餘三人

頭頂加上光環。但關鍵改變不在此，聖母右手邊的嬰兒多了一個長柄十字杖，這是施洗者約翰一直帶在身邊的象徵物，烏列伸出的右手食指不見了，他面向觀賞者露出的神祕微笑也沒了，改為面向左邊的聖約翰，如此一來羅浮宮版本中可能的「爭議」完全被拿掉，難道這些才是純淨受孕會和李奧納多鬧上法庭的原因？從今天的角度來研判，答案似乎是肯定的。

　　《岩窟中的聖母》在《達文西密碼》中有卡上一角，它是第二個變位字謎的答案，女主角蘇菲在畫背後找到她祖父留下鑲有鳶尾花的金鑰匙，過程中他們被博物館的警衛發現，蘇菲突發奇想，威脅要用膝蓋將畫布頂破，才逼得警衛讓他們離開。這段故事寫得流暢刺激，但有和事實不符之處，《岩窟中的聖母》高度為六英呎半，而非書中所說的五英呎，因此當蘇菲站在畫布後面時，她是看不到畫布另一面的警衛的。

宮廷畫師李奧納多

　　除了完成《岩窟中的聖母》，李奧納多在米蘭的前幾年並不如意，在成為宮廷畫家前他只留下一幅《聖母和聖嬰》（Madonna Litta），主要

靠繪製建築和工程方面的設計圖過活，同時他創作了一些超現實工具的模型圖，包括飛機、戰車、腳踏車等，李奧納多一生共留下數千頁的手稿筆記，但從來沒有完成過一本書。

一四八七年李奧納多如願以償進入宮廷畫室，接下來十餘年是他最活躍的歲月，他主要時間花在為魯多維科大公的父親弗朗西斯科·史弗薩（Francesco Sforza）設計騎馬英姿的紀念銅像，他開始系統化研究人體結構，於一四九〇年畫成《維特魯威人》。如同他許多創作的下場，史弗薩銅像並沒有完成，李奧納多留下許多關於馬匹和騎馬人物姿態的素描研究，以及一尊高七米的史弗薩騎馬泥土塑像，這塑像曾在米蘭公開展示廣獲好評，最後也毀於戰火之中。

同期間他完成數幅宮廷肖像畫，包括《抱著銀貂的女人》（Lady with an Ermine）、現存羅浮宮的《美女圖》（La Belle Ferroniere）、以及一幅是否出自李奧納多仍有爭議的《年輕的音樂家》，其中《抱著銀貂的女人》特別有名，完成於一四九〇年，它是魯多維科大公心愛情婦塞西莉亞（Cecillia Gallerani）的肖像，李奧納多將十七歲塞西莉亞的美畫得入木三分，整個

《美女圖》

人呈現石膏雕像般的溫潤色澤，李奧納多慣用身體和臉龐呈反方向轉動的構圖法，在這幅畫中表現得最為明顯，塞西莉亞撫摸銀貂的右手更美得讓人聯想到《蒙娜麗莎》，而銀貂正是魯多維科的象徵物，藉此大師傳達了兩人間的特殊關係。在此八卦一下，這幅肖像完成一年後魯多維科大公結了婚，新娘子並不是塞西莉亞。

《抱著銀貂的女人》存放於克拉科，是波蘭的國寶。這幅畫最近成為波蘭電影《盜走達文西》（Vinci）的主角，故事情節似曾相識，稱得上是《蒙娜麗莎》失竊記現代版，在波蘭上映時叫好又叫座。由於塞西莉亞美得出奇，《抱著銀貂的女人》常被選為李奧納多畫冊的封面，但大師在米蘭最重要的作品是《最後的晚餐》，另一幅充滿密碼的曠世之作。

《抱著銀貂的女人》

The Last Supper
最後的晚餐

最後晚餐中的密碼盛筵

感恩聖瑪利亞修道院是魯多維科的最愛,李奧納多自一四九五開始,在修道院的餐廳牆上創作他唯一的壁畫《**最後的晚餐**》(The Last Supper),他不喜歡壁畫是有原因的,因為畫壁畫必須在新塗的濕石灰上創作,而且要在石灰乾掉前完成,這種時間限制是李奧納多不能適應的,所以他選擇在乾燥的牆面上將蛋黃顏料

達文西唯一壁畫作品
《最後的晚餐》

混合膠質材料作畫，如此才有充足的時間思
考。《最後的晚餐》進度非常緩慢，他斷斷續
續工作了三年才完成，但因為使用的顏料不易
附著牆面，壁畫完成後不到十年就出現斑落，
再加上漏雨和餐廳改建，五百年來《最後的晚
餐》經過數次大規模修補，最近一次修護工作
歷經二十二年，一九九九年才重新與世人見
面。

　　《最後的晚餐》描述《聖經》中最重要的場景之一，耶穌受難前一晚與十二位門徒一齊享用最後一次晚餐，過程中耶穌預告其中一位門徒將會背叛他，這個場景被許多畫家詮釋過，但都不及李奧納多版本來得震憾人心。他的《最後的晚餐》像是一個劇場舞台，耶穌坐在長桌的正中央，左右各坐了六位門徒，每三位門徒形成一個小集團，也就是有名的「三角形」構圖法，他們聽到耶穌的預言後產生各種姿態表情，恐懼、否認、質疑、悲傷、驚訝、以及心裡有數者（指的當然是猶大，左邊第四位）皆有，在此之前沒有任何畫家能在如此侷限的空間裡，將這麼多情緒表現得如此精準深刻，這是《最後的晚餐》最高的藝術成就，後世藝術家少有與之媲美者。

　　李奧納多同時也將《最後的晚餐》當成建築工程看待，他曾起草數幅修道院餐廳的透視圖，期望將《最後的晚餐》的空間表現與餐廳實景相互結合。前面介紹過的《蒙納李奧》創作者、電腦藝術家舒瓦茲就曾利用3D電腦分析過《最後的晚餐》，結果發現這幅畫的透視線與修道院實際的建築線條完全吻合，當修士們坐在餐廳裡吃飯觀賞這幅畫時，《最後的晚餐》

就像是房子的延伸般神奇。

《最後的晚餐》（局部）的神祕右手與匕首

《最後的晚餐》在《達文西密碼》中被大篇幅描述過，重點放在聖徒約翰的形象（與受洗者聖約翰不是同一人）是否是個女人，以及所謂的「M」字母隱喻，這些將在後文〈線索4〉有完整的介紹。《最後的晚餐》的密碼卻不止這些，它們包括那隻握著匕首的右手，它位在安德烈（左三）及彼得（左五）之間，由於彼得的右臂離它最近，一直以來它被認為就是彼得的右手，歷中上幾乎沒有人對它提出質疑，但仔細研究該隻手的角度會發現它不可能屬於彼得或任何人。握著匕首的手至今仍是個謎，但它反映出一個現象：由於觀者對《最後的晚餐》存有先入為主的印象，對畫中一些明顯的不尋常處往往視而不見，或按照主觀印象將它合理化。

《最後的晚餐》（局部）的門徒多馬

其它的密碼包括多馬（右六，最靠近耶穌）對著耶穌高舉他的右手食指，似乎有向基督挑釁的意味；此外長桌上沒有任何所謂的「聖杯」，門徒前面的酒和麵包寥寥無幾，而酒和麵包象徵著耶穌的血與肉；最後是李奧納多以自己形象畫成的達太（右二），就如同在《三聖來朝》中的年輕人般，他選擇背對著耶穌。

「謎」戀聖約翰

John's gesture
約翰的手勢

從《三聖來朝》、《岩窟中的聖母》到《最後的晚餐》，我們發覺李奧納多似乎透過暗藏在宗教繪畫中的密碼，傳達他對耶穌基督的貶抑之意，同時他利用每一個機會提升施洗者約翰的地位，甚至讓他凌駕於耶穌之上，綜合來看，我個人覺得這些密碼很難被視為穿鑿附會，我

拉斐爾《雅典學派》

們在三幅畫中都看到伸直的右手食指，也就是象徵施洗者約翰的「約翰的手勢」（John's gesture），不可能是巧合。

「約翰的手勢」還出現在其它地方：拉斐爾名畫《雅典學派》中，最中央位置的柏拉圖就是以李奧納多擔任模特兒，他毫不忌諱地舉著他的右手食指；佛羅倫斯著名的洗禮堂前有座聖約翰雕像，也擺出「約翰的手勢」，這是李奧納多唯一的雕像作品。

為什麼李奧納多會有這些奇異的觀念？很多文字記載了李奧納多的反羅馬天主教會傾向，身為一個科學家、熱切的神祕主義者及煉金術支持者，他反對當時教會對科學研究的限制甚至扼殺，他的同性戀身分不見容於社會可能也造成某種程度影響，但是什麼樣的動力讓他終其一生堅持如此的信念，甘冒得罪當道的大風險在作品中埋入「邪說」？

　　《聖殿騎士團之密大公開》解釋他對聖約翰的興趣：佛羅倫斯城正是奉獻給聖約翰的，因此李奧納多從小生長在對聖約翰的崇拜氣氛中。針對這一說法我做了研究，結果證實自從佛羅倫斯人接受基督教以來，他們就選擇施洗者約翰做為城市的守護聖人，他勇敢、正直、不屈撓的形象深受這個以商貿致富城市的喜愛。聖約翰畫像自十三世紀中開始出現在佛羅倫斯鑄造的金幣上，在六月二十四聖約翰日這天，佛羅倫斯人都以盛大的慶祝活動來紀念他們的守護聖人，這個傳統延續到今天。

　　另一種理論更有趣：一直以來就有所謂「聖約翰教派」的說法，施洗者約翰不但是耶穌的先行者，他根本就是另一個教派的領導者，耶穌既然受他施洗，說不定也曾是他的弟子。兩

個教派後來在巴勒斯坦相互競爭「挖角」，部分耶穌門徒就來自聖約翰的教派，包括另一個聖徒約翰。所以福音書刻意淡化施洗者的影響力，只提到他為耶穌施洗，之後聖約翰幾乎從《聖經》消失，只簡單提到他被殺砍頭。「聖約翰教派」說法當然被教會視為異端，但歷史上對聖約翰的崇拜一直存在，而且不侷限於佛羅倫斯，後續章節中會再出現施洗者約翰。

李奧納多的聖約翰迷戀並不止於《最後的晚餐》，他在一四九九年米蘭戰敗給法蘭西之後離開米蘭，展開他最後十餘年的流浪生涯，他先回到故鄉佛羅倫斯，在此完成了《持紡錘的聖

《聖母聖嬰和聖安娜》

母聖嬰》（Madonna of the Yarnwinder） 及《聖母聖嬰和聖安娜》（Virgin and Child with St. Anne）。前者為私人收藏品，據說在蘇格蘭被盜走；後者也收藏在羅浮宮大陳列館，其藝術成就最能與《最後的晚餐》和《蒙娜麗莎》相提並論，聖母坐在她母親聖安娜的大腿上，雙手扶著聖嬰在把玩一隻小綿羊的角，背景是雄偉壯觀的山水。

密碼愛好者會對《聖母聖嬰和聖安娜》的炭筆草稿更感興趣，如今存放在倫敦國家畫廊，草稿內容與最後的油畫有所不同，除了上述三個人物外還多了嬰兒聖約翰，聖安娜舉起如男人般粗壯的左手，比出「約翰的手勢」。值得一提的是在草稿和油畫版本中，瑪利亞和聖安娜母女都被畫成同樣年齡，這點讓後

《聖母聖嬰和聖安娜》
炭筆草稿

人百思不解，倫敦國家畫廊對此特別陳列了另一個說法：畫中的聖安娜並非聖安娜，而是瑪利亞的姐妹聖以利沙伯，也就是聖約翰的母親。

李奧納多把握每個機會扯上聖約翰。

一五○二年李奧納多出任波旁王室總管麾下軍隊的建築師和工程師，到義大利中部教皇領地興建軍事設施，隔年返回佛羅倫斯創作《蒙娜麗莎》，一五○六年再度造訪米蘭，擔任法王路易十二的宮廷畫家，之後他曾被教皇李奧十世召到羅馬研究科學，後來他在沒人出錢之下先後完成《施洗者聖約翰》和《施洗者約翰》，畫中聖約翰都是俊美的年輕人，而且不意外地都比出「約翰的手勢」。一五一六年他受法王法

蘭西斯一世邀請遠赴法國,但年邁的大師再沒
有油畫作品,三年後去世於法國,享年六十七
歲。據說臨終前陪伴著他的就是《蒙娜麗莎》
以及他最心愛的《施洗者約翰》,如今它們都留
在羅浮宮內,接受世人永恆的禮讚。

《施洗者聖約翰》

《施洗者約翰》

【後語】

《聖殿騎士團之密大公開》作者的前一部著作《杜林裹屍布之密大公開》(Turin Shroud: In Whose Image?) 中提出了爆炸性的說法：裹屍布上所印的耶穌形象，其實是李奧納多·達文西。

杜林裹屍布是塊印有不知名男子全身顯影的亞麻布，由於男子身上所顯露的傷痕與耶穌受難的傷痕非常吻合，發現者宣稱它就是耶穌死後

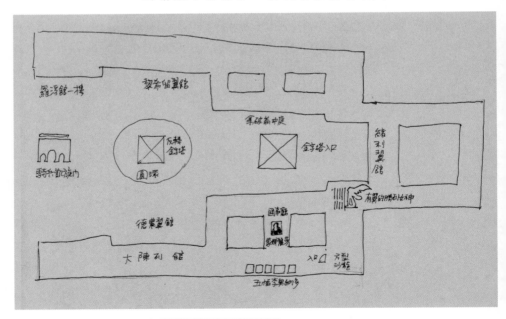

作者隨手塗畫的羅浮宮平面圖

覆蓋他屍體的麻布。杜林裹屍布最早於一三五七年出現在法國，接下來兩個世紀它在法國境內及歐洲十幾個地方輾轉流離，曾經在離米蘭不遠的杜林停留過。裹屍布於一五七八年再度來到杜林，從此就沒再離開，今天它被收藏在杜林的施洗者聖約翰大教堂。一九八八年教廷以放射性碳技術測出裹屍布的實際年代為中古世紀，因此裹屍布極可能是偽品，但有支持者堅稱放射性碳測試有誤，裹屍布的確來自第一世紀。

杜林裹屍布

《杜林裹屍布之密大公開》作者經實地調查後宣稱，杜林裹屍布是李奧納多運用稱為「神奇燈」（magic lantern）的早期暗箱技術所創造的原始照片，裹屍布上神祕的基督顯影就是李奧納多本人的自拍，他還特別在顯影脖子做出一道斷痕，以此來象徵被砍去頭顱的施洗者約翰。與李奧納多有名的紅炭筆自畫像相比對，裹屍布臉部顯影和自畫像果然很相似，但這個說法有時間不吻合的問題，即李奧納多比裹屍布晚了一個世紀出生。作者則表示最早的裹屍布也是偽品，後來被李奧納多的新偽品給替換掉。

　　如果這本書的說法屬實，將是自古以來開過最大的玩笑。今天世人在杜林施洗者聖約翰大教堂膜拜裹屍布時，其實是在膜拜聖約翰，也就是在膜拜李奧納多。更巧到不行的是，杜林大教堂同時也收藏著上述李奧納多的紅炭筆自畫像，甚至與杜林裹屍布放在同一房間內展出。

塞納河之左，盧森堡之北

【關鍵字keywords】
・聖許畢斯
・羅馬式教堂
・日晷儀
・奧塞美術館

密碼「陷阱」聖許畢斯教堂

《達文西密碼》前三分之一是在兩條故事線中交叉進行，主線故事發生在羅浮宮，從館長索尼耶赫被殺、蘭登被帶到現場協助調查、到蘇菲出現與蘭登共同解謎並逃脫。副線故事則是兇手西拉槍擊索尼耶赫後，到聖許畢斯教堂尋找所謂錫安會的拱心石，結果西拉發覺自己被騙了，盛怒之下他又殺了看守教堂的桑德琳修女。

聖許畢斯教堂這段故事是懸疑小說中不可缺少的橋段，小說情節發展總要遇到像這樣「走錯路」的陷阱，才能創造更多的意外和轉折，讓讀者猜不出哪些線索是真的，哪些是誤導的。小說後部還有一個陷阱發生在倫敦的聖殿教堂，我們會在第八章造訪那裡。

在名勝古蹟充斥的巴黎市中，**聖許畢斯**教堂（Eglise de Saint-Sulpice）雖然不是默默無聞，但聖母院、聖丹尼斯修道院的名氣比它響亮得多，一般巴黎旅遊團不會把這座教堂排在行程中。但感謝《達文西密碼》小說的成功，書中提到的各景點都成了旅遊大熱門，但其中大部分地方本來就很有名，反而讓聖許畢斯成為《達文西密碼》的主要受惠者，或者從聖許畢斯

Saint-Sulpice
聖許畢斯

教堂主持神父的角度來看，最大的受害者。還好這股熱潮逐漸消退，聖許畢斯教堂又恢復了它的低調。

聖許畢斯教堂座落在塞納河的左岸（即南岸），離右岸的杜勒麗公園有一段距離，所以要搭地鐵Metro前往。在巴黎的第二天我決定將行程都安排在左岸，除了聖許畢斯，還可以遊覽聖日耳曼區、巴黎鐵塔、以及奧塞美術館等。當我開口用英文詢問售票員如何買票，而他連嘴巴都懶得張開只搖頭時，我第一次覺得自己遇上了麻煩，因為杜勒麗站裡連個英文說明都沒有，自動售票機上也只秀法文，我無奈地在售票機液晶螢幕胡亂按了一陣後，只得承認失敗退回旅館，櫃台男孩好心得拿出一張英文的巴黎地鐵圖，再向我解釋車票買法，我才胸有成竹地重返Metro站。櫃台男孩名叫Jean-Baptiste，正是法文的施洗者約翰。

又一個巧合！

可惜Jean-Baptise沒有順便教我如何搭巴黎地鐵，第一次搭的人應該會覺得「蠻困難」的。巴黎

巴黎地鐵的賣唱藝人

Metro讓我想起紐約Subway，一樣地髒，也一樣舊。我曾經在紐約市住過八年，算得上是搭地鐵老手，但巴黎地鐵真讓我遇上了對手。首先是它的標示法，每輛車的方向不是如紐約或倫敦以東西南北向來區分，而是用每條路線的終站名稱來區分，名稱往往又長又難記，這對不熟悉巴黎或不黯法文的人簡直就是折磨，更悶的是很多小站不能直接繞到對面去坐反向的車，這讓不只一次坐過頭的我為之氣結。

此外，巴黎Metro其實包括了兩個互相交錯的地鐵系統，一個叫M，另一個叫RER，M以阿拉伯數字編號，RER則按英文字母排列，前者負責市區內的路線，後者通往巴黎郊區。當天下午我從聖許畢斯前往奧塞美術館時得穿梭在兩個系統間，我先坐前往Porte de Clignancourt方向的紫色四線車，到St-Michel站換搭前往Versailles-Rive Gauche/Saint-Quentin-en-Yvelines的黃綠色C線車（懂我的意思了吧，有誰記得住）。我順著C車方向的指示走著走著竟然走出了M車站，眼前出現RER車站入口，我買的又是單程票，困惑之餘只好再買張票重新進RER去坐C車，事後我才知道兩個系統是互通的，我當初可以用同一張車票再進RER車

聖許畢斯教堂

站，只是沒搭過的人哪裡會知道這些規矩呢？

　　我從杜勒麗站搭往Chateau de Vincennes的黃色一號車，先坐到大站Chatelet，在此轉搭往Porte d'Orleans的紫色四號車。一走出聖許畢斯車站就看到往教堂的指標，順著指標走約五十公尺，轉過一個街角，寬闊的大廣場頓時出現在眼前，廣場周圍滿是葉子落盡的老栗子樹，廣場中央是刻有四面雕像的大噴水池，即使在冬季仍水流不斷，水池後方聳立著土黃色高大

南塔

建築，正是聖許畢斯教堂的西面牆。

聖許畢斯所在位置屬於左岸的聖日耳曼區，與盧森堡公園（Jardin du Luxembourg）北面僅隔一條街，教堂總長一一〇米，寬五十七米，高三十三米，地基結構與巴黎聖母院相同，面積比聖母院還大一些，是巴黎市最大的教堂。它的正面（即西面牆）是兩層式列柱建築，建築的頂部有南北兩座高塔，由於兩座塔是由不同人設計建造，呈現的造形風格也不盡相同，其中北塔正在進行整修，塔面四周被鷹架圍了起來，我猜想整修工作已經進行了相當時間，因為我找到的聖許畢斯近期照片中都看不到教堂全景，總是只出現右邊一半和南塔。

現今的教堂始建於一六三一年，近一個半世紀後才完成，它是在一個更老也較小的**羅馬式教堂**地基上重建的，《達文西密碼》中說它是蓋在埃及女神依西絲神廟上的說法被教堂否認。也許因為它的羅馬教堂背景，讓聖許畢斯再度遵循「羅馬式」風格，這蠻特別的，因為當聖許畢斯興建時「哥德式」早已是天主教堂

的主流造形，但聖許畢斯仍選擇以復古的列柱做為外表，前後六位建築師將不同細部設計放入教堂，古怪中自成一格。

我們今天熟悉的天主教大教堂設計在「羅馬式」建築時期就大致形成，包括整個教堂呈現十字架的造形，十字架底部是朝向西面的正門，十字架的長軸是中殿（nave），中殿底部連接到主祭壇和唱詩班台，祭壇正上方通常是教堂主圓頂，祭壇兩側是左右袖廊（transept），就像是十字架的兩翼，十字架的短軸則是教堂東端（apse），通常有放射狀的小禮拜堂相連接，整個教堂內部還有側廊（ambulatory）環繞。除此之外，教堂將圓拱門、穹窿、列柱、壁柱等羅馬元素融入設計中，再大量運用雕像來做裝飾。

我踩在西面牆的階梯上，並不感覺是走向一座教堂，反而像是走在西方大城市的法院前。但西面牆正下方的聖保羅雕像提醒了我，這裡確實是基督的殿堂，坐在石椅上的聖保羅雙眼虔誠地望向天際，他的左手握著一把長劍劍柄，右手

聖許畢斯正面列柱

聖保羅雕像

中夾著鵝毛筆，手掌向下扶著一本大書，書皮上刻著 EPITRES 幾個法文字，正是他著名的《使徒書》（*The Epistles*），整座大理石像以羅馬式的古典風格雕成。

誤導線索的「玫瑰線」

聖許畢斯教堂有許多有趣味的地方：它擁有全歐洲最大的管風琴和知名的唱詩班；它有一幅名畫家德拉克洛瓦（Eugene Delacroix）所畫的壁畫，取名為「保羅與天使」，就在教堂右側的禮拜堂內。但《達文西密碼》讀者最感興趣的莫過於玫瑰線、方尖碑和拱心石。丹·布朗是如此描述的：

灰色花崗岩地板裡嵌著一條細長光滑的銅線……

大理石地碑

這條金色線斜斜穿越教堂地板……這道銅線將領聖體欄杆一分為二，然後穿過整個教堂，最後直抵北袖廊的角落，來到一個最出乎意料的結構體的基部。

一個巨大的埃及方尖碑。

他的寫法大致正確。南袖廊右
前方約十米處地板上嵌有一塊大
理石碑，碑的形狀顏色與周圍花
岡岩地板不同，很容易被辨認。
從這個石碑開始，一條暗金色銅
線筆直朝南袖廊的方向伸去，首
先會穿過主祭壇，銅線的一段消
失在祭壇下，重新出現後一路延
伸到北袖廊偏右側的正面牆角，
這裡果然豎立著一座巨大的埃及
方尖碑。銅線沿著方尖碑面中央
向牆上爬，一直爬到碑頂的金球

北袖廊

才結束。從祭壇到方尖碑之間，大部分的銅線
都被臨時排列的教堂木椅子擋住了，為了拍照
我硬著頭皮把好幾排木椅子移開，所幸沒有神
父衝過來把我趕出去。

聖許畢斯的北袖廊分為兩層，上層有圓拱形
長窗，下層是兩根壁柱造形，兩根壁柱中間上
方是一個圓形小窗，窗子下半緣被一個巨大的
木質櫥櫃擋住，白色大理石方尖塔就立在右邊
壁柱的右側，與巨櫥櫃平行而立，頂部的金球
與圓窗齊高。這個埃及方尖塔並非真的方尖
塔，它不是一個立體四方形的柱子，而是一個

方尖塔造形的單面石碑，高二十米，碑座上密密麻麻刻著我讀不懂的文字。

　　真正引起我興趣的是方尖塔右邊牆上，牆上排著五、六個獎狀大小的玻璃木框，木框裡印著各種語文的說明文字，我找到英文的版本（沒有中文版），讀完後不禁莞爾，原來是聖許畢斯教堂對《達文西密碼》的反駁，可以想像教堂主持神父是多麼地「不堪其擾」：

　　這條嵌在地板上的銅線是個科學儀器的一部分，這個儀器是在十八世紀中，由當時新成立的巴黎天文台的天文學家所建，這個儀器用來定義地球軌道的變化。這並不是個異教教堂的裝置，這地方從來不曾存在過如此的教堂。這條線從來不曾叫「玫瑰線」。它與穿越巴黎天文台中央的子

方尖碑和碑座的銘文

午線並不剛好重疊，該
子午線是用來測量巴黎
市的東西經度線之用。

　　打從這本小說出版
後，不知道曾經有多少
遊客來到我現在所站的
位置，對著地板敲敲打
打，想像有一個拱心石就藏在中空的地板下，
最後逼得教堂必須做出如此的回應。最後一段
說明更為經典：

　　沒有任何神祕的概念可以從這個儀器中推衍出
　　來，除了讓人瞭解到「造物者上帝是時間的主
　　宰。」請注意兩側袖廊的小圓窗上印有P和S字
　　母，這兩個字母是本教堂守護聖人聖彼得和聖
　　許畢斯的縮寫，而不是錫安會（Priory of
　　Sion）的縮寫。

　　這整套裝置其實就是一個**日晷儀**，其概念來
自古代的日規。古埃及人在地上立起柱子，用
來測量每天正午時太陽照到柱子所形成的陰影
長度，他們發現埃及北部形成的陰影長度較南

Sundial
日晷儀

部的陰影長，因此西元二世紀時住在埃及的希臘天文學家Ptolemy就推衍出地球是圓的，並約略計算出地球的小大。

聖許畢斯教堂南袖廊的牆上有一個小孔，不確定這個孔當初是刻意或無意形成的。每天太陽光會從小孔射入陰暗的教堂內，在花崗岩地板上形成光點，隨著太陽光射入的角度由高而低變化，光點也會逐日由南向北移動。也許正是這個原因，讓天文學家決定沿著光點變化的路徑建置一條銅線，當光點射到北袖廊的牆壁上時，他們決定做成一個方尖碑的造形，讓銅線能繼續往牆壁上走。每天中午光點都會通過這條銅線，在每年夏至（六月二十二日）這天，太陽位在最高的位置，光點會落在最靠近南袖廊的大理石地碑上；而每年冬至（十二月二十一日）這天，太陽降到最低的位置，光點則會落在方尖碑的頂部。兩點之間，代表著一整年時間的變化。

我不太確定為什麼丹‧布朗要把這條十八世紀的銅線及方尖碑扯成異教裝置，難道是要增加它的神祕性，或者付予它「反基督教」性格嗎？他的靈感應該就來自這座教堂建在依西絲神廟遺跡上的說法，但這說法並不正確，也不

是丹‧布朗的創見，他直接引用了《聖殿騎士團之密大公開》中關於聖許畢斯教堂的一段文字，幾乎到了一字不差的程度。將這條線稱為「玫瑰線」倒真是他的創意。

　　但我可以用弔詭的角度來看丹‧布朗的安排，由於這整段故事是建構在錫安會編織的謊言上，讓他們的敵人誤信聖許畢斯教堂中真有一個如此的異教裝置和拱心石，因此所有考證上的謬誤都可以解釋成是刻意誤導讀者的，如此一來，天主教會是否又太小題大作了，徒增觀光客對這些似是而非故事情節的興趣呢？

秘密組織「神聖聖禮團」

　　許畢斯大主教（Sulpitius the Pious）於六世紀末出生於法國布赫居省（Bourges）的貴族家庭，從小潛心研讀基督教典籍，成長後受布赫居紅衣主教提攜，一路晉陞成為他的主教學院院長，主持教士的教育訓練工作，主教過世後他繼任成為布赫居省紅衣主教，直到他過世前的二十二年間專心推展天主教務，曾經為了減輕教區信眾沈重的稅負向法王抗議，但他一生最大的成就是在宗教教育方面，聖許畢斯教堂選擇以他名字命名可能與此有關，因為聖許畢

斯有一個非常著名的附屬神學院，以及一個全球性的聖許畢斯社團，致力於推動天主教士的教育與交流，目前在全球有超過三百位會員。

由於聖許畢斯教堂在宗教教育中擁有重要地位，自古以來它一直是天主教會裡一股保守清流的力量，並在十七世紀的法國歷史中出過名。一六二九前後巴黎曾出現一個祕密的天主教兄弟會組織「神聖聖禮團」（Compagnie du Saint-Sacrament），這個團體由與奧良公爵關係密切的宗教及政治界精英組成，聖許畢斯神學院的創建者奧利埃神父（Jean-Jacques Olier）是重要成員之一，神聖聖禮團的總部據說就設在聖許畢斯教堂。這個團體表面上是為了推展慈善工作而成立，但透過他們綿密的政教人脈，對當時法國政壇有舉足輕重的影響力。他們在歷史上做過兩件有名的事，一件是對知名喜劇作家莫里哀的攻擊，莫里哀（Moliere）於一六六七年上演的新劇《偽君子》對天主教神父極盡諷刺之能事，並詆毀了神聖聖禮團，該團體於是施壓讓《偽君子》遭禁演了兩年。

另一件事發生得更早，影響也更深遠。一六四三年法國「太陽王」路易十四繼承王位，他在位期間長達七十二年，成就了法國歷史上最

強盛的霸業，但是他的太陽王美稱是後來才有
的，當路易十四登基時年僅五歲，往後十八年
國政把持在他母親和紅衣主教兼首相馬薩林
（Mazarin）手中，馬薩林攝政期間因加稅造成
民怨不斷，最後爆發所謂「投石黨」（The
Fronde）內戰，神聖聖禮團與投石黨人合作，
打算將路易十四和馬薩林趕下台，另立路易十
四的弟弟奧良公爵為新王，最後功敗垂成。

　　我之所以在此介紹神聖聖禮團，是因為《達
文西密碼》中的錫安會曾宣稱神聖聖禮團就是
錫安會的化身，他們以極保守的天主教組織為
包裝，實際上是要將擁有神聖血脈的人選推上
法國王位。這個說法的真偽將在第六章中進一
步討論，但我懷疑路易十四的親弟弟奧良公爵
有任何基督的血統。路易十四於一六六○年下
令解散神聖聖禮團，但該組織又活躍了數十年
才逐漸消失，據傳他們將組織的重要資料都藏
在聖許畢斯教堂中。

　　離開教堂後我背對聖保羅的雕像站著，由稍
微俯視的角度望著大廣場，發覺自己有和參觀
聖母院完全不同的感受，這兒少了觀光的人
潮，但更能夠看出教堂和一般巴黎人的關係。

聖許畢斯廣場

廣場上不時有人散步聊天，還有小朋友在餵食
鴿子，附近街角到處都是露天咖啡座，零星地
坐著遊客和本地人，我猜想兩個世紀以來這個
廣場一定是附近巴黎市民的生活重心，人們在
聖許畢斯做完禮拜後到廣場上來用餐、購物、
玩耍，從事各種社交活動。我似乎瞥見了另一
個巴黎，一個恬靜清爽、屬於巴黎人自己的巴
黎，難怪這一帶房價是全市最昂貴的地段之
一。

　　滿天烏雲突然開出裂口，我趕緊找個露天咖
啡座坐下來，叫了杯咖啡和三明治，享受片刻
的午後陽光。

奧塞美術館

Musee d'Orsay
奧塞美術館

【後語】

　　聖日耳曼區是左岸非常浪漫且富文藝氣息的區域，可惜我在聖許畢斯教堂停留時間過久，來不及親自走訪那些名聞遐邇的教堂、餐廳、書店和咖啡店等。為了爭取時間，我搭Metro直奔奧塞美術館，打算之後再趕往左岸最大的地標艾菲爾鐵塔。

　　奧塞美術館（Musee d'Orsay）是任何近代法國藝術愛好者的「天堂」。對我而言，看完六幅李奧納多後還有幸看完奧塞，等於兩趟巴黎之行的旅費都賺回來了。奧塞美術館是由一個火車站改建而成的，原本這個塞納河畔的老車站將在七〇年代末期被拆除，但在有識之士奔走之下被留下來，如今收藏著全世界最豐富完整的法國新浪潮、印象派、及後印象派的繪畫和雕像作品，包括我們耳熟能詳的印象派大師馬奈、莫內、雷諾瓦、竇加等，以及後印象派大師塞尚、梵谷、馬蒂斯等「一個都不少。」奧塞美術館也保留了老火車站的空間感，整個中空的一樓大廳展示著各種大型雕

雷諾瓦《煎餅磨坊》（中）和莫內《睡蓮》（下）

像，從二樓以上沿著火車站的四面牆壁加蓋展覽空間，原本車站的大鐘也被保留下來，改成一個咖啡廳。

大部分參觀者會直接先上到五樓的印象派／後印象派館，我熟悉的該時期作品幾乎全在這裡，包括兩幅《睡蓮》及四幅《聖母院》在內的十餘幅莫內、寶加的《舞蹈課》系列和《謝幕》、雷諾瓦的《煎餅磨坊》。我還記得紐約大都會博物館將一幅梵谷自畫像當成鎮館之寶，而這裡至少收藏了六幅梵谷，包括兩幅自畫像。我最喜歡的馬奈大幅傑作《草地上的午餐》及《奧林匹亞》則掛在一樓，千萬不要錯過。

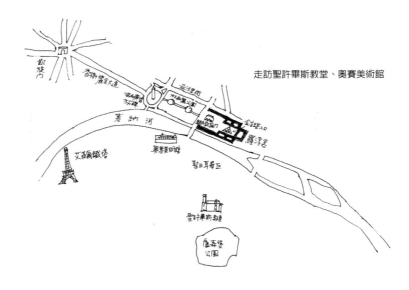

走訪聖許畢斯教堂、奧賽美術館

　　參觀奧塞最過癮的是沒有防護玻璃，沒有一米寬的圍欄，你可以和大師作品作零距離接觸（不是建議大家去觸摸這些無價之寶），親眼目睹每一筆油彩在畫布上留下的軌跡，那幾乎就像是百年前站在大師的背後，目睹他們在創造新的藝術史一般。離開奧塞時剛好是關館時分，天色早已暗沈，塞納河對面的羅浮宮亮起了燈火，看來艾菲爾鐵塔要留待下一次巴黎之行了，但我一點都不遺憾。

馬奈《奧林匹亞》（上）和《草地上的午餐》（左）、（中至下）
梵谷《自畫像》、塞尚《玩牌人》、竇加《藍舞者》

【題外話】

黑脊鷗

　　塞納河是巴黎的母親河，有著光輝卻又坎坷的命運。如同所有走過工業革命的大城市一樣，巴黎的污水曾讓這位母親付出沈重代價，經過長年整治之後，如今的塞納河水質已大幅改善，動植物生態重新在河岸區繁盛起來，其中最具代表性的是黑脊海鷗，全身雪白，只有翅膀尖端是黑色的，特別喜歡在冬季裡造訪巴黎，成群駐留塞納河岸上，為灰暗的冬日增添難得的熱鬧。

線索❹

瑪利亞，喚做抹大拉

【關鍵字keywords】
・抹大拉
・懺悔的妓女
・早期基督教
・諾斯替經典
・不要摸我

Magdalene
抹大拉

在《達文西密碼》小說複雜奧妙、若真似假的情節中，有一件事是絕對沒有爭議的：抹大拉的瑪利亞不是個妓女。

抹大拉的瑪利亞（Mary Magdalene）在英文資料中常被直接稱為Magdalene，所以我在此蕭規曹隨，也用「**抹大拉**」來代替「抹大拉的瑪利亞」或「瑪利亞」。抹大拉在小說中是極重要的角色，幾個最爭議的理論都少不了她：耶穌是否結婚生子、聖杯難道就是盛聖血的子宮、早期基督教會曾刻意壓抑女性、什麼是神聖女性等，都環繞著這位神祕低調、不斷被用來當成象徵符號、歷史記載極有限的奇女子，我準備將手邊所有的文獻資料還原，從中拼湊出真正的抹大拉。

《聖經》中的抹大拉

羅浮宮德農翼館的方形沙龍裡，有一幅喬托（Atelier de Giotto）所繪的《耶穌受難圖》，或翻成《十字架上的耶穌》（La Crucifixion），畫中耶穌和另外兩個犯人被釘在非常高的十字架上，有幾位天使在他身邊飛繞，十字架後面排列著騎馬的羅馬士兵，十字架右前方是一群猶太教士模樣的男人，十字架左前方則是一群女

子，其中兩位顯然是整幅畫視覺的中心，她們哀戚地仰望著受難的耶穌，站在後面的是聖母瑪利亞，站在前面被聖母雙手輕輕扶住的就是抹大拉。

抹大拉在正統《聖經・福音書》中共出現過十二次，其中十一次與基督受難或復活有關。抹大拉最早出現在〈路加福音〉第八章第三節：「瑪利亞，喚作抹大拉，也就是耶穌從她身上趕走七個鬼的女性。」從此以後抹大拉跟隨耶穌，成為他最堅定的信徒，奉獻出自己的財物，並服事他。這段記載後有很長一段時間再也找不到抹大拉的名字，直到耶穌被釘死在十字架上，她又重新出現，和一群加利利婦女在遠處瞻仰耶穌，男性使徒反而怕受連累都躲了起來，彼得更曾三次否認他認識耶穌。

耶穌過世後三天的周日早晨，抹大拉和幾位婦人到墓室去為他的遺體塗香料，卻發現耶穌的屍體不見了，一位天使告訴她們「他已復起！」抹大拉才瞭解耶穌復活了。她們向

喬托《耶穌受難圖》

91

其他門徒傳達這個消息，結果門徒們認為她們在胡言亂語。在〈約翰福音〉中，抹大拉甚至是單獨一人赴耶穌的墓室，見證耶穌復活之後她告訴彼得和另一位門徒，彼得並不相信她，抹大拉不知如何是好，結果復活的耶穌出現在抹大拉之前，她高興得要去擁抱他，耶穌對她說「不要摸我……妳往我弟兄那裡去，告訴他們我要升上去見我的父……。」

雖然耶穌受難前抹大拉僅出現過一次，《聖經》中提到另一個女性，即伯大尼的瑪利亞，很多《聖經》學者認為抹大拉和伯大尼的瑪利亞是同一個人。〈路加福音〉中提到，伯大尼的瑪利亞與一位不知名的女性，在不同的場合裡為耶穌敷上香膏。〈約翰福音〉中的故事更詳盡：伯大尼的瑪利亞有位姐姐馬大（Martha）和弟弟拉撒路（Lazarus），拉撒路死了，耶穌被瑪利亞姐妹精神所感動，到墓穴裡讓已經被埋葬的拉撒路起死回生。耶穌受難前兩天造訪她們的家，瑪利亞拿出珍貴香膏，抹在耶穌身上，讓他成為受了香膏的基督／國王。按照當時的禮儀，抹香膏是國王才能享受的儀式，因此在〈馬可福音〉第十四章裡提到，耶穌很清楚這個儀式的意義，他知道自己是即將被犧牲

達文西的弟子吉安皮耶區諾（Giamietrino）《抹大拉的瑪利亞》

的國王，抹大拉／伯大尼的瑪利亞就是那個拿著香膏玉瓶的女人。

〈路加福音〉的一句「瑪利亞，喚作抹大拉」被解釋為「來自抹大拉的瑪利亞」，所以一般人認為抹大拉來自加利利海濱的抹大拉城（Magdala）。但是還有另一派說法，認為抹大拉是希伯來語中「高塔」、「崇高」的意思，所以「瑪利亞，喚作抹大拉」並非指明她的出生地，應該解讀為崇高的瑪利亞、偉大的瑪利亞。如此解釋她和伯大尼的瑪利亞才有可能是同一人。

抹大拉並不是耶穌唯一的女門徒，由於她從未和妻子、母親等名詞聯在一起，後世猜測她應該是位獨立的女子，甚至有說法指出她來自便雅憫氏族，家境富裕，但沒有具體的文獻支持這觀點。事實上，當初跟隨耶穌周遊各地的女性應該都是成年婦女且經濟獨立，才有能力用自己的財物接濟耶穌一行人，她們和男性門徒共同服事耶穌。

作家蘇珊‧哈金斯（Susan Haskins）由此研判早期女門徒是可以承擔重責大任的。福音書中對她們堅貞的信仰和勇氣有若干描述，但個別身分卻付諸闕如，只有抹大拉是例外。抹大

拉在這群女弟子中的地位是特殊的，她在耶穌故事的關鍵時刻清楚地扮演了最重要的角色，她是少數在耶穌受難時不離不棄的人，更重要地，她是第一個見證耶穌復活的人，耶穌要她向全世界傳遞他復活永生的訊息。

抹大拉，竟是耶穌之妻？

⋯⋯我剛剛說過的，耶穌和抹大拉的瑪利亞的婚姻，是歷史記錄的一部分。

《達文西密碼》中，作者丹・布朗透過提賓爵士，輕描淡寫地說了這句話，等於引爆了一顆強力原子彈，把全世界基督教徒都震昏了。

關於耶穌和瑪利亞是夫妻或是愛人的說法，在基督教歷史中並不是新鮮事，早在十六世紀，掀起宗教改革的馬丁路德就相信抹大拉和耶穌結婚或發生性關係，摩門教派也接受類似的看法。但是直接說他們的婚姻「是歷史記錄的一部分」，卻是缺乏具體證據的假設說法，因為《聖經》中沒有任何文字可以支持或證明這一點。

讓我們回到李奧納多的《最後的晚餐》，小說

《最後的晚餐》（局部）的門徒約翰

嘗試解釋這幅畫中隱藏著耶穌和抹大拉是夫妻的密碼。我再次強調這一整段對《最後的晚餐》的分析幾乎全部來自《聖殿騎士團之密大公開》第一章，文中指出門徒約翰其實被畫成一個女人，而那個女人就是抹大拉。在研究過所有李奧納多畫的男人和女人後，我必須同意李奧納多確實在《最後的晚餐》中畫了一個女人。

我拜讀過許多反駁這說法的評論，主要論點都是門徒約翰的形象原本就偏女性化，他年紀輕，而且不像其他門徒留了鬍子，所以造成視覺上的錯覺，他們甚至舉李奧納多所畫的《施洗者約翰》為佐證。但是我不接受這種說法，以李奧納多的繪畫功力，他不太可能會把年輕

《最後的晚餐》（局部）人物間位置關係引發爭議的神祕字母M

沒有鬍子的門徒約翰「無意間」畫成非常女性的形象，除非他是故意這麼做的，而且《施洗者約翰》並沒有被畫得像個女人。

另一種反駁較有說服力，部分人指出

《最後的晚餐》草稿

在李奧納多為《最後的晚餐》準備的草稿素描中，可以清楚地看出坐在耶穌身旁的約翰是個男人。針對這點我特別將《最後的晚餐》的研究草稿（Studies for the Last Supper）找出來，結果現存的草稿只有六張，其中四張是個別門徒的臉部特寫，分別是小雅各、猶大、腓力和彼得，另外有兩張全景，其中一張只能算是粗稿，線條非常簡單凌亂，另一張則畫了包括耶穌在內十三半個人，其中九人頭上標明名字，但沒有約翰的名字；耶穌右邊有個人趴在桌上睡覺，看不出性別，左邊則是個留著鬍子的門徒。如果上述論調是根據這幅草稿圖，它完全無法證實那個趴著的人是約翰或者是個男人。

　　再來是耶穌和那名女子之間形成的字母M，丹‧布朗指它暗指抹大拉，或者暗喻「婚姻」（Matrimonio），我認為前者的可性度較高，後者就顯得有點牽強。其實就算沒有這個隱藏的字母M，我們都能猜出來那個女人是誰，以抹大拉在基督故事中的重要性，能和耶穌及其他門徒平起平坐的女人除了她還會有誰呢？

　　李奧納多到底想要傳達什麼？如果我們回憶他所有作品中的密碼，一個不變的主題是對耶穌的輕蔑和對施洗者約翰的迷戀，抹大拉的出現和這個主題有什麼關連，他想要暗示世人耶穌只是個結過婚的凡夫俗子，亦或抹大拉是他另一個崇拜迷戀的對象？

男女之愛 vs.心靈之愛

　　支持耶穌結過婚的人並不是靠《最後的晚餐》來做論述，他們的基本論點其實很簡單：歷中上的耶穌是一位猶太拉比，那個時代的猶太男子幾乎沒有不結婚的，如果耶穌沒結婚，《聖經》中一定會提到。這個講法有它一定的道理，當時的猶太男子通常都會結婚，不結婚似乎是件很嚴重的事，但我們很難自動演繹成：所以耶穌一定結過婚，「幾乎」正是這個說法

邏輯不夠嚴密之處，我無法想像當時以色列「所有」的猶太男子「一定」都結婚，既然有例外，耶穌就可能是個例外。例如小說中提到的《死海古卷》，據說是「古猶太苦修教派」的禁欲主義學者寫的，他們就是一群終身不婚的修士。

　　耶穌結婚論者還有一些其它的論述，例如抹香膏是非常親密的行為，傳統上只有妻子可以為丈夫施行這個儀式；另外有人針對耶穌復活後第一次在抹大拉前現身時講的一句「**不要摸我**」（Noli Me Tangere），指出這句話的希臘文原義像是男女間親密的對話。然而這些論述都不及考古實證來得引人矚目。

　　一九四五年一個埃及農夫在漢馬地山區挖到一米高的紅土罐，他打破罐子，發現裡面裝著十三本皮線裝訂的草紙書，他將這些書帶回家裡，他母親拿了一些書頁來生火，沒被燒掉的書被賣給開羅的黑市古董商，這批手稿引起埃及政府注意，政府出面買了其中一本，再沒收十本半，第十三本大部分則被賣到美國去。這就是知名的《漢馬地書卷》（*Nag Hammaid Scrolls*），書卷共有五十二篇文稿，其中最著名的兩篇分別稱為〈腓力福音〉和〈多馬福音〉，原始文件完成時間約在西元一二〇至一四〇

> Noli Me Tangere
> 不要摸我

年。〈腓力福音〉中有一段文字被《達文西密碼》引用：

> 救世主的同伴是抹大拉的瑪利亞。基督愛她勝過所有門徒，習於不時親她的嘴。其他門徒被觸怒了，表示不同意。他們跟他說「為什麼你愛她勝過我們所有人？」

小說還進一步解釋，阿拉米語（Aramaic）裡的「同伴」就是「配偶」的意思。耶穌結婚（或有愛人）派的人士，以〈腓力福音〉中這段文字做為他們最新也最有力的證據。但反對派也不甘勢弱，他們提出許多相當具說服力的反證，首先出土的〈腓力福音〉手稿是用科普特語（Coptic）寫成的，而不是小說中提到的阿拉米語，阿拉米文學者根本看不懂這份手稿。況且這些手稿也是翻譯本，原始文稿是以《新約聖經》所用的希臘文寫成的，所以同伴（companion）不能被解讀為就是配偶之意，同伴這個字不必然與性相關。

更關鍵的是，《漢馬地書卷》中的〈腓力福音〉其實殘缺不全，上述那段文字有好幾處缺漏，包括基督是不是真的親了抹大拉的嘴，或

者親了其它部位，都是後人詮釋想像後再補上去的，如果我們將被填補的文字拿掉，再將整段還原的文字讀完，耶穌和抹大拉的親密關係就變得不是那麼明顯，耶穌對抹大拉的愛似乎可以被解讀為宗教或心靈層面的：

〔　　　〕的同伴是抹大拉的馬利亞。〔　　　〕她多於〔　　　〕門徒，〔　　　〕在她〔　　　〕親她。其他的〔　　　〕。他們對他說「為什麼你愛她勝過我們所有人？」救世主回答他們說：「我為什麼愛你們不如她？當一個瞎子與一個視力正常的人都在黑暗中，他們是沒有任何分別的。當亮光出現，看得到的人看到光亮，而那個瞎子依舊在黑暗中。」

反對派還有一個邏輯的推論，他們的佐證竟然也是以上這段文字：如果耶穌和抹大拉確實結了婚，或者他們是一對戀人，抹大拉自然是耶穌最愛的人，其他門徒就不會也不該問「為什麼你愛她勝過我們所有人？」即然門徒們問了這個問題，表示抹大拉不必然是耶穌的最愛，也就是說他們並沒有結婚，或者不是一對戀人。

「懺悔妓女」的教化標籤

福音書裡對抹大拉有十二次記載，僅次於聖母瑪利亞，其中沒有任何一次提到抹大拉是個妓女，那麼一千餘年來「**懺悔妓女**」的標籤是如何貼在抹大拉身上的呢？

Penitential prostitute 懺悔的妓女

福音書中共有五個瑪利亞，以及數個不知姓名的女性，其中一位對抹大拉的遭遇有關鍵影響。〈路加福音〉中有一個無名的婦人，路加直接稱她為「有罪的女人」，她在法利賽人西門家向耶穌懺悔，她抱著耶穌的腳痛哭，哭濕了他的腳，她用自己的頭髮將他腳上的淚拭乾，用嘴親吻他的腳，最後再用香膏抹在他腳上。「有罪的女人」的罪並沒有被清楚指明，然而普遍的假設是和肉體罪惡有關，也就是說她是一名妓女。

時間快轉到西元五九一年，這時候的歐洲處於一片混亂當中，蠻族滅了西羅馬帝國，歐洲進入黑暗時代。當時的天主教教皇大格列高利決定把《聖經》中三個女人合為同一人。在某次佈道中他說的一段被視為聖諭的話，決定了抹大拉往後近一千二百年的命運：「被路加稱為罪人的女性以及〈約翰福音〉中的伯大尼的瑪利亞，我們相信就是〈馬可福音〉中，由耶

穌從她身上驅出七個鬼的瑪利
亞。」

　　就這樣，抹大拉和「有罪的
女人」成了同一人，她從此變成
了妓女。格列高利教皇為什麼要
這麼做，後人有各種解釋說法。
教會支持者認為他是鑑於《聖經》
中有過多的瑪利亞，為了不造成
信徒的混淆而進行的「瘦身」工
程；女權意識強烈的人則認為這
根本是大男人主義作祟；陰謀論
者指出「妓女化」抹大拉是精心

拉圖赫《夜光下的抹大拉》

設計的安排，為了要醜化她的形象和聖徒地
位，藉而貶低女性在教會中的主導地位。無論
如何，抹大拉的妓女身分從此產生，卻也未被
所有基督徒認同，東正教和新教徒就不接受格
列高利的詮釋。

　　抹大拉的變身過程並未結束，一個千禧年
後，於一五七○年頒布的羅馬彌撒書中，她的
名字前面又被加上形容詞「懺悔的」，從此「懺
悔的妓女」成了抹大拉的同義詞，這個印象根
深柢固地印在天主教徒腦海中又過了四百年，
直到一九六九年，第二次梵諦岡會議後教廷終

於修正先人的錯誤，重新將抹大拉、伯大尼瑪
利亞和無名罪人分開。這是今天羅馬天主教會
唯一的辯護理由：教會已經做了調整。

然而在十二個世紀漫長歲月中，抹大拉是個
留著一頭紅色長髮，或披著猩紅色斗蓬的懺悔
妓女，我們常常可以在藝術作品中看到她，拿
著香水、香膏瓶子或者鏡子，有時她以懺悔者
身分出現，虔誠地跪在十字架前流淚，有時則
以半裸妓女姿態現身在激情場面中。我對小說
中提到的《基督最後誘惑》這部電影記憶猶
新，電影中抹大拉正是一位妓女，耶穌釘在十
字架上時還幻想著和她做愛的場面，芭芭拉·
荷西的裸體在我青少年的腦海中曾留下深刻的
印象。

自從抹大拉搖身變成了妓女，她一直是犯罪
女性改過向善的化身，她在基督徒心中是誠實
面對罪惡、勇敢改過自新的楷模，在黑暗時代
裡為信眾們帶來希望，再加上她是第一個耶穌
復活目擊者，讓她曾在十二世紀到十三世紀初
的西歐廣受愛戴，信眾們尊稱她「使徒中的使
徒」（Apostle of the Apostles），直到抹大拉崇
拜過了頭，羅馬教會才開始壓制這股風潮。即
使到了今天，抹大拉仍是妓女、理髮、香水、

園丁等行業的守護聖人，教會學校的修女們也總是用抹大拉當例子來教誨問題少女們。

近代出土文獻中的抹大拉

如今去掉了懺悔妓女形象，抹大拉除了是《聖經》重要時刻的目擊者，她在早期基督教發展中扮演過什麼角色？自從耶穌替她趕走七個鬼之後（有現代學者猜測她當時可能有心理疾病），抹大拉就死心塌地跟著耶穌直到他受難，成為耶穌門下第一女弟子，這些是從福音書中可以看出來的結論，但十九世紀被發現的〈瑪利亞福音〉讓世人對她有了更多認識。

一八九六年〈瑪利亞福音〉殘存的抄本在埃及阿克敏地方被發現，只剩下頭尾兩部分。第一部分描寫救世主與門徒間的對話，耶穌講完話後就升天了，留下哀傷驚慌的門徒們，抹大拉安撫大家，讓他們的心向善，思索救世主的話語；第二部分中抹大拉描述耶穌給她的特殊啟示，在彼得要求下她告訴大家他們所不知道的事，她與耶穌之間的私下對話。其中有一段常常被引用（與小說中的翻譯略為不同）：

當瑪利亞說完這些話，她靜默下來，因為救

〈瑪利亞福音〉殘篇

世主只跟她說到這裡。安德烈應答並對同門說：「提出你們（想要）表達關於她所說的。至少我並不相信救世主說了這些話。這些教導確定是些奇怪的念頭。」彼得應答並表達相同的關切。他質問他們關於救世主：「他真的在我們不知情下跟一個女人說這些嗎？我們真要轉而聽她所說的話嗎？他選擇她而不是我們？」

接著瑪利亞哭泣並對彼得說：「我的彼得兄弟，你在想些什麼呢？你認為我自己在心中想出這一切，還是我對於救世主的話撒謊？」利未（Levi）應答並對彼得說：「彼得，你一向脾氣暴躁。現在我看到你與一個女人爭議，像在對待敵人一般。如果救世主讓她成為值得的人，你為什麼要拒絕她呢？救世主必然了解她。這就是為什麼他愛她勝過我們……」

一九四五年出土的《漢馬地書卷》中有一篇〈多馬福音〉，是耶穌傳統言論的集結，其中也有一段抹大拉的記載：

西門‧彼得對耶穌說：「瑪利亞應該離開我
們，女性是不配有生命的。」

　　耶穌回答：「我會引導她使她一如男人，讓
她如男人般有活生生的靈魂。能成為男人的女
性就能進入天國。」

　　讀完上述這幾段文字，我開始瞭解為什麼學
者如哈佛大學的凱倫‧金（Karen King）認為彼
得在「妒嫉」抹大拉，為什麼陰謀論者會覺得
教皇格列高利故意用妓女來抹黑抹大拉，以徹
底消滅她在早期教會中的地位。因此，我也幾
乎可以想像梵諦岡主教們初次讀到〈瑪利亞福
音〉或〈腓力福音〉時臉上鐵青的表情。

　　〈瑪利亞福音〉、〈多馬福音〉或〈腓力福音〉
都被歸類為「**諾斯替經典**」（Gnostic Bibles），
是不屬於正統《聖經》的早期基督教文獻。教
會不承認這些文獻的正當性，有些人甚至直接
稱為「偽經」，主要原因有二：

　　《聖經‧福音書》在耶穌受難四十年後陸續出
現，最晚的〈約翰福音〉完成於一一〇年左
右，多數學者同意諾斯替經典比福音書晚了數
十年甚至數百年，上述三篇新福音據信都在第

Gnostic Bibles
諾斯替經典

二世紀前葉寫成，比〈約翰福音〉晚了至少二十年。教會捍衛者認為諾斯替經典「借用」了基督教元素，包括耶穌和門徒的名字，但它們並非真正的基督教經典。尤有甚者，《新約聖經》的福音書中對第一世紀以色列地區的生活有相當多描述，並大量提到《舊約聖經》的段落、預言和神學概念，新約被定位為是舊約的延續；相反地，諾斯替經典中甚少提到以色列，看不出文獻作者是否在以色列住過，甚至看不出他們曾活在第一世紀，諾斯替經典的神學概念和《舊約聖經》多有抵觸。

讀起來也很有道理，我相信終究將形成「信者恆信，不信者恆不信」的局面。信或不信，諾斯替經典打破了兩千年來教會對基督教的獨家發言權和解釋權，我們開始看到不同的早期基督教發展歷程，它可能曾有個百家爭鳴的階段，最終以彼得為首的羅馬教會取得正統。

凱倫‧金教授曾寫過一段深得我心的話：「**早期的基督教**對於基督教義的內容和意義……有不同的看法，也有激烈的辯論。畢竟第一代的基督徒沒有新約，沒有尼西亞信經、使徒信經，也沒有教會飭令與階級森嚴的教會系統，甚至連教會建築都沒有，對於耶穌的理解當然

> **Early Christianity**
> **早期基督教**

不可能定於一尊。總而言之，現在我們據以了解與界定基督教的標準，可以說一個也不存在。新約與尼西亞信經並不是起點，而是辯論與爭議的終點……，在過程中，有著無窮無盡的鬥爭與角力。」

做為歷史的愛好者，我喜歡用人性的角度去理解歷史，這個世界再怎麼滄海桑田，物換星移，人性是不會改變的。

【題外話】

猶大福音

諾斯替經典的傳奇故事又添一章，今年四月初國家地理頻道於全球首播「猶大福音」紀錄片，揭開〈猶大福音〉（Gospel of Judas）的神祕面紗。這部手抄本完成於第三至第四世紀間，於上世紀七〇年代於埃及出土，經兩次轉手並遭竊一次後，被遺忘在紐約的保險庫內長達二十餘年。數年前殘破的〈猶大福音〉重見天日並進行修復翻譯，世人再一次讀到非傳統基督教的觀點，原來猶大是出於耶穌授意才刻意出賣他，目的是讓耶穌為世人犧牲，以完成上帝的救贖計劃，因此猶大不但不是叛徒，他才是真正瞭解耶穌教誨的門徒。梵諦岡未針對〈猶大福音〉發表評論，但教宗本篤十六世在四月中的一項洗腳禮儀上，批評猶大是個貪婪、放棄真理的說謊者，也算是梵諦岡的一種反擊吧。

丹·布朗對基督教深懷偏見？

今天，基督教是全世界信徒最多的宗教，包括天主教、東正教和新教在內的廣義基督教徒超過二十億人，相當於全球三分之一人口，我們很難想像基督教的成功幾乎是歷史的偶然，它發展的初期充滿著艱辛與不確定。當耶穌被羅馬人釘死在耶路撒冷一座山丘上時，他的信徒即驚慌又失望，最早出現的〈馬可福音〉描述耶穌臨死前念著「我的上帝，你為什麼棄我而去？」這個問題迴響在最初的耶穌信徒之間，卻沒有人能夠找到答案。耶穌生前自稱是猶太的救世主，結果他卻被當成罪犯處死了，他預言上帝將在人間建立的王國不曾出現，連他最親密的門徒也沒預期到他會「復活」。

然而基督教真正的建立者是這群門徒們，他們最後相信了耶穌復活的消息，重新鼓起勇氣將他的教誨一步一腳印地在以色列散播，他們受到廣泛的質疑，舊約中的救世主從戰爭勝利中拯救以色列脫離苦難，他應該是一位充滿勇氣智慧的戰士國王，而不是被釘死在十字架上的罪犯。耶穌復活的故事最初也缺乏說服力，猶太文化中雖然有起死回生的概念，但復活後得永生卻是超越時代的新觀念。在聖城被羅馬

人摧毀的戰亂中，門徒們克服所有艱難讓基督教存活下來，更在保羅領導下推廣到羅馬帝國其它地區，「復活得永生」的概念反而成了對異教徒的賣點，特別是怕死的權貴階級，讓這個猶太教小支派得以在異教世界中脫穎而出。

基督教發展到二○○年時成為有主教、神父與執事三層階級的團體，教會是唯一真理的詮釋者和護衛者，其他觀念被視為異端，如此強化了基督教的組織性，讓信徒人數從最初的數百人，爆增到第四世紀的三十餘萬人，卻也犧牲了早期教會的多元性。最後君士坦丁頒布「米蘭赦令書」將基督教定為國教，無論他的動機是政治、軍事、從善如流、或出於個人信仰，基督教終於脫離被迫害和歧視，從此在歐洲立於不敗之地。

《達文西密碼》對早期基督教有極為爭議的見解：我們今日所知的《聖經》是由君士坦丁大帝編纂的，他刻意排除了部分經典；基督教幾乎沒有原創的東西，君士坦丁將許多異教元素混入基督教信仰中；耶穌的神性是在尼西亞會議投票決定的，而且票數非

丹·布朗以蘭登為主角的前部小說《天使與魔鬼》書影

常接近。讀完這些段落，我不禁懷疑丹‧布朗
是否對梵諦岡存有個人仇恨，拜讀完他同樣以
蘭登為主角的前部小說《天使與魔鬼》（*Angels
& Demons*）後，這種懷疑就更強烈了。

　　如果我是基督教徒，我肯定也會想在部落格
裡將丹‧布朗詛咒一番（我拜讀了非常多篇）。
根據我讀到的反駁文章，現今的《新約聖經》
包括四部福音書和其它二十三份文件，其中大
部分在第二世紀末就已經被視為正統經典了，
不管諾斯替經典是因為出現時間太晚、或內容
與主流教義抵觸而被排除在《聖經》之外，都
和百餘年後的君士坦丁無關，他並未委託製訂
新的《聖經》。

　　君士坦丁的確在三二五年召開尼西亞會議
（Council of Nicea），這是首度由羅馬教會舉行
的基督教會議，目的是要「統一」基督教，會
中討論許多教義和教會儀式的爭議，例如決定
復活節的日子等，最重要的是討論耶穌和天父
之間的關係，也就是耶穌的神性。部分宗教學
者認為，第四世紀初時大部分基督徒已經相信
耶穌生來即是人、又是神，但在尼西亞會議上
有主教認為耶穌是由上帝要求而創造出來的，
無法共享天父的神性。結果除了三位主教外，

所有與會代表都投贊成票，簽下了「尼西亞信經」，再次確認耶穌的神性。

「門徒中的門徒」抹大拉

如果耶穌生前的確結了婚，這會抹殺他的神性嗎？基督徒的態度在這一點上顯得舉棋不定，他們強調上帝以自己的形象創造人，並且讓自己的兒子化為人形來拯救世人，所以耶穌是完整的人，也是完整的神。但如果耶穌曾經結婚生子，部分人似乎認為會衝擊到他的神人地位。從東方人的角度我很難理解這種堅持，畢竟佛祖釋迦牟尼成道前既結婚又生子，而且不算是個顧家的丈夫，但完全不影響他成佛後的神性。由於沒有證據支持或反對任何一邊，耶穌是否結婚生子一事勢必成為宗教歷史的公案，每隔一段時間就被拿出來討論一番。在參考的這種多資料中，我最喜歡ＡＢＣ特別節目「耶穌、瑪利亞與達文西」中一位天主教神父的結論：「我們無法確定耶穌是否結婚……如果耶穌確實結過婚，他的新娘一定就是抹大拉。」

我可以大膽地說，抹大拉和耶穌有著深厚密切的關係，她即是耶穌首席大門徒，門徒中的門徒，也是耶穌最摯愛的「同伴」，至於耶穌是

魏登《抹大拉》

如何去愛她，或者他們是怎麼樣的同伴，留待讀者們自行去做判斷吧。

抹大拉還是個孜孜不倦的神學研究者。《紐約客》雜誌在一篇〈神聖的罪人〉（Saintly Sinner）文章中對她有生動的描述：《漢馬地書卷》包括一篇〈比斯替蘇菲書〉（Pistis Sophia），記錄了耶穌和門徒的對話，耶穌總共被問了四十六的問題，其中三十九個出自抹大拉，逼得彼得抱怨其他人都沒機會發問。從這些文字中浮現的抹大拉有點驕傲，像是個啃書蟲，又是班上最好的學生，總是舉手搶著回答問題，讓其他學生不服氣卻又無可奈何。

耶穌去世後，抹大拉和彼得之間存在著緊張關係。蘇珊‧哈金斯分析：「彼得對抹大拉的

敵意反映了教會對女性參與傳教又愛又懼的矛盾情結。」抹大拉的地位可能曾經與彼得平行，部分學者甚至主張她才是耶穌指定的繼承人，但我沒有讀到證據去支持這一點。

以結果論來看，彼得為主的勢力最終取得領導地位，從此教會不斷強調耶穌的一句話：「你是彼得，我要把我的教會建造在這磐石上。」彼得歧視女人不是祕密，這在一世紀猶太社會中是理所當然的事，當時的猶太男人甚至不在公開場合與女子說話。以他為中心建立的基督教會是否壓抑了女性？依歷史來看答案似乎是肯定的，學者艾蓮・佩傑（Elaine Pagels）寫道：「《聖經》的規範、使徒的信條、教會組織結構以目前型態出現的時間是在第二世紀末。」遲至第二世紀末，耶穌的「男女平權」主張已然式微，女性的地位在組織嚴密的教會中逐漸被邊緣化。

即使到了女權高漲的二十一世紀，天主教會仍然在性別平等議題上裹足不前，例如不允許女性擔任神父（或者該稱為神母）的職位，所堅持的主要理由是與基督教誨和教會傳統不符。抹大拉被「驗明證身」後，正好被推到前線來挑戰這個兩千年禁忌，關於抹大拉的學術

著作從七○年代中期開始大量增加，《達文西密碼》更將這股熱潮推向新的高峰，我相信抹大拉會帶領著新一代女權主義者進行絕地大反攻，爭取回到耶穌在世時的兩性平等教會。

難怪《達文西密碼》特別受到女性讀者歡迎，因為抹大拉才是小說真正的女主角。

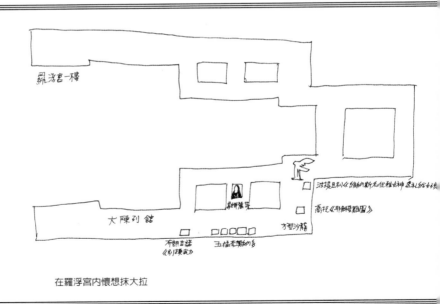

在羅浮宮內懷想抹大拉

【後語】

有關抹大拉的基督教藝術作品不計其數，凡是主題為「耶穌受難」（Passion或Crucifixion）、「聖母哀子」（Lamentation或Pieta）、「耶穌入棺」（Entombment）、「耶穌復活」（Resurrection）或「別摸我」（Noli Me Tangere）都一定會有她，此外還有許多她獨處懺悔的個人畫，如果你看到一幅留著過肩紅髮的半裸女，很可能也是她。

羅浮宮大陳列館裡就有現成的例子，從李奧納多五幅油畫再往深處走不遠，有一幅布朗吉諾很有名的《別摸我》，布朗吉諾（Bronzino）是義大利文藝復興晚期的名家，畫中抹大拉和耶穌擺出跳舞的姿態，兩人雙眼深情對望，不黯《聖經》故事的人還以為是戀人在花園中進行愛之舞。或許這正是布朗吉諾的本意吧。

羅浮宮內還有別的抹大拉：黎希留翼二樓收藏了法蘭德畫家魏登（Roger van der Weyden）所畫的《抹大拉》，從中可以欣賞到十五世紀北方畫派的典型肖像畫風；德農翼一樓收藏了十七世紀法國畫家拉圖赫（George de la Tour）所畫《夜光下的抹大拉》，幽暗的燭光中，只見抹大拉露出半張臉陷入沈思；此外，在北歐雕

像館內有一尊全裸的抹大拉雕像，長及膝蓋的
頭髮遮蔽了重要部位，以真人尺寸製作完成，
作者不詳，羅浮宮於十九世紀初從德國藝術市
場購入。

布朗吉諾《別摸我》

線索❺
從耶路撒冷到普羅旺斯

【關鍵字 keywords】
· 米洛島的維納斯
· 普羅旺斯
· 抹大拉崇拜
· 聖杯傳說
· 朗德多克血淚史

在我年少時代，學過石膏像素描的人都不會忘記，維納斯從額頭直接連到鼻頭的平滑線條，襯托出她高挺的鼻樑和深沈的眼窩。印象中當時每個想增添藝術氣息的家裡總會放個愛神維納斯像，只是沒人講得出她是希臘或羅馬的女神，或者她殘缺的雙臂可能擺出什麼姿勢。

如今這尊維納斯就聳立在我面前，超過兩公尺高，大理石給了她石膏像所沒有的柔和質感和光澤。這尊與《蒙娜麗莎》齊名的維納斯就放置在緒利翼地上層的西南角上，我終於完成了丹·布朗所謂的「小羅浮」之旅，花了半個下午的時間。

Venus de Milo
米洛島的維納斯

《**米洛島的維納斯**》（Venus de Milo）是西元前二世紀的雕像，雖然時間上已到了古希臘晚期，她的造形和線條仍呈現非常優雅的古典風格，被公認為現今最重要的古希臘雕像藝術品。嚴格說起來，她應該被稱為《阿芙蒂特》（Aphrodite），也就是希臘神話中的愛神和美神，「維納斯」是阿芙蒂特到了羅馬時期後的新名字。

《米洛島的維納斯》於一八二〇年在愛琴海的米洛島被農夫發掘出來，後來落到土耳其人手

中，法國駐君士坦丁堡大使再把雕像買
下，獻給當時法王路易十八，後人才有
機會在羅浮宮欣賞她。

　　完整的《米洛島的維納斯》應該是什
麼姿態呢？雕像出土處附近還找到手腕
及握著蘋果的手掌碎片，後人研判完整
的雕像構想緣自荷馬史詩中一段〈帕里
斯的選擇〉：特洛伊島的帕里斯王子認
為阿芙蒂特是最美麗的女神，將金蘋果
給了她，因而引起女神希拉的嫉妒，找
機會協助希臘人攻打特洛伊。維納斯雕
像的左臂很可能以水平向上的角度延
伸，手中握著金蘋果，右臂則可能朝下
斜穿過身體停在左大腿側。

神聖女性，美神象徵

　　《達文西密碼》中，索尼耶赫館長不但
擺出《維特魯威人》姿勢，還在赤裸的
腹部上畫了一個五芒星，丹・布朗解釋

《米洛島的維納斯》雕像

五芒星是古老的異教符號，代表著「所有事物
的女性那一半」，宗教歷史學者把這種概念稱為
「神聖女性」或「神聖女神」。從五芒星符號開
始，《達文西密碼》在抹大拉故事中又加入女

神的元素：抹大拉不但是耶穌的妻子和繼承者，她不但是基督教的聖徒，她根本應該是基督教的女神，和耶穌互為一體的兩面。我發覺用女神來包裝抹大拉缺乏證據基礎，老實說也蠻多餘，基本上都是後世作家附加上去的，算是抹大拉崇拜的極致表現吧。

自古以來，埃及、希臘和地中海東部地區就有神聖女性的傳統，包括小說中不斷提到的埃及生殖女神伊西絲，以及希臘、羅馬的智慧女神蘇菲亞、愛神阿芙蒂特／維納斯等。作家瑪格麗特·史塔柏德（Margaret Starbird）強調上帝是沒有性別的，「祂非男非女，但基督教會選擇用男性的形象描述祂，神聖女性是神的另外一面，兩千年來卻在基督教世界中淹沒不彰，沒有人把神聖女性當成平起平坐的伙伴。」

按照史塔柏德的理論，男女的「神聖結合」是自古以來各文化的基礎，包括舊約〈創世紀〉中不乏亞當與夏娃的故事，但後來的基督教刻意扭曲這個傳統，將耶穌妻子的聖神女性地位轉移給耶穌的母親，完全抹煞了男女「神聖結合」精神，取而代之的是神的孕育者，以處女之身懷孕生子的瑪利亞，一個淨化了的神聖女性形象。

我不太能理解《達文西密碼》用神聖女性來包裝抹大拉的目的，如此才能解釋為什麼崇拜抹大拉的人用「玫瑰」來代表她嗎？早在羅馬時代，玫瑰就被用來象徵維納斯，因為玫瑰的五花瓣造形和金星（Venus）的運行軌道相似（都像是個五芒星），也因為只有玫瑰的美足以與維納斯匹配。後世的聖殿騎士團、玫瑰十字會、以及神祕的錫安會都延用它來象徵心中的女神抹大拉。

普羅旺斯的抹大拉崇拜

耶穌受難後，抹大拉應該還不知道她的基督教女神地位，她正忙著安撫其他門徒，分享耶穌獨自對她傳道的內容，與彼得暗中較勁，同時還要準備當媽媽（如果她真懷了耶穌的孩子）。然後呢，歷史上的抹大拉在「後耶穌時代」裡是怎麼過日子的？

抹大拉顯然沒有在巴勒斯坦住很久，她的去處有許許多多版本：比較「扯」的是她在埃及沙漠中繼續懺悔了三十年；另外一種說法是她和聖母瑪利亞都搬到羅馬帝國第二大城以弗所（Ephesus），在今天的土耳其境內，以弗所有一

座祭拜希臘豐饒女神戴安娜的神殿，這座神殿用許多誇張的女性象徵（如乳房）做裝飾。兩位瑪利亞都終老在這個屬於神聖女性的城市，是不是也太巧了呢，平添後人無限的想像。

　　最普遍的說法是一部橫跨羅馬帝國的「抹大拉西遊記」，在不同版本中，抹大拉由不同的人陪伴離開耶路撒冷，途中在不同地方停留過，然後去到今天法國南部的 **普羅旺斯**（Provence）。

Provence
普羅旺斯

　　傳說中與抹大拉同行的人包括姐姐馬太和弟弟拉撒路，此外還有七十二門徒之一的馬克沁米和耶穌好友亞利馬太的約瑟等，他們一行人可能輾轉在埃及亞歷山卓的猶太社區停留數年，當他們最後在今天法國聖瑪利亞城（Saintes-Maries-de-la-Mer）靠岸時，抹大拉身邊還多了一個「黑皮膚」的女孩，她的名字叫撒拉（Sarah），傳說撒拉是抹大拉從埃及帶來的奴婢，也有人直指撒拉就是她和耶穌的女兒。今天聖撒拉是法國吉普賽人的守護聖人，每年五月二十五日吉普賽人會聚集在聖瑪利亞城為聖撒拉舉行慶典，在她的雕像前選出當年的吉普賽皇后。

　　第一世紀的普羅旺斯是羅馬帝國相當開化的

異教地區，分布著希臘、羅馬及猶太社區，抹大拉一行人上岸後開始分頭傳播耶穌福音，據說抹大拉和馬克沁米（Maximin）建立了普羅旺斯首府艾克斯城，在此馬克沁米成為普羅旺斯第一位大主教，拉撒路後來也做了馬賽大主教。傳說抹大拉死後先被葬在聖馬克沁城，之後被移到勃艮地的韋茲萊（Vezelay）修道院安厝，十三世紀末遺骨被挖出來供信徒膜拜，羅馬教廷甚至發出諭令確認那是抹大拉遺骨，然而修道院展示的只有幾根零散的骨頭，很多人懷疑韋茲萊的抹大拉遺骨根本是假的，真的遺體仍然留在普羅旺斯。

《聖殿騎士團之密大公開》的兩位作者琳‧皮克耐（Lynn Picknett）和克萊夫‧皮林斯（Clive Prince）就目睹了普羅旺斯的抹大拉遺骨。他們親自走訪法國南部馬賽、聖瑪利亞、聖馬克沁米、韋茲萊等城鎮，在〈跟隨抹大拉的腳步〉一章中他們描述了普羅旺斯獨有的**抹大拉崇拜**：每年最接近七月二十二日聖抹大拉日的星期天，抹大拉的「頭骨」會從聖馬克沁教堂的聖器室中移到神轎上，在上千名朝聖信徒簇擁下，由笛子和鼓隊在前面開道，神轎順著狹窄蜿蜒的街道遊行，所到之處鎮民豎起象

The worship of Magdalene
抹大拉崇拜

徵性的長矛保護她，齊聲唱出紀念抹大拉的聖
歌……

威爾斯的聖杯傳說

記得耶穌好友亞利馬太的約瑟（Joseph of
Arimathea）嗎？他是個有錢人，最有名的事蹟
是用耶穌在最後晚餐中喝酒的聖爵，盛了耶穌
從十字架上流下的聖血，也就是所謂的「聖杯」
（Holy Grail）。可惜這個傳說並非源自《聖經》，
它甚至到了中世紀後出現。亞利馬太的約瑟也
許曾陪抹大拉去到法國，但他最後帶著聖杯出
現在英國。

說來奇怪，英國的威爾斯竟然是**聖杯**傳說的
發源地。一一九〇年法國人迪·特魯瓦
（Chretien de Troyes）承襲了源自威爾斯的民
間傳說，寫成歷史上第一本關於聖杯的故事詩

Holy Grail
聖杯

威廉・摩里斯《聖杯的幻影》

《聖杯騎士》（Le Conte del Graal）。故事主角帕西瓦（Percival）是亞瑟王的圓桌武士，他在一個城堡王國的奇怪儀式中首次見到Graal，故事中的Graal像是個盤子或盆子，跟最後的晚餐或基督教都沒有任何關係。

　　值得一提的是，特魯瓦（Troyes）是香檳伯爵的領地，而香檳伯爵正是聖殿騎士團早期的關鍵人物，特魯瓦地區最有名的教堂則獻給抹大拉，這中間有許許多多巧合。我們在後文〈一群貧窮的僧侶武士〉會再讀到香檳伯爵。

　　迪・特魯瓦並沒有完成《聖杯騎士》就去世了，後人在他的故事基礎上又增加了不少新故事，從此聖杯逐漸和亞瑟王傳說混為一體，亞瑟王中的人物不時出現在聖杯故事中。故事主角多是追尋聖杯的武士，但他要先證明他在精神上和智慧上皆已成熟，才能獲得聖杯的神奇

力量。《聖杯騎士》中的帕西瓦因不夠成熟，忘了向國王問正確的問題，結果第二天他孤獨醒來，失去機會用聖杯去救城堡的老王。

迪·伯宏（Robert de Boron）於十年後寫成另類的聖杯故事《亞利馬太的約瑟》，亞利馬太的約瑟正式登場。當耶穌被抬下十字架時，他用聖杯盛了耶穌的鮮血。之後約瑟被關在監獄中，耶穌顯身來告訴他聖杯的祕密，出獄後約瑟帶著親戚隨眾去到英國，建立了一個聖杯守護者的王朝，帕西瓦也被寫成是守護者之一。

從《亞利馬太的約瑟》開始，聖杯變成我們今天所瞭解的「聖」杯，威爾斯傳說和耶穌基督巧妙地結合在一起。《亞利馬太的約瑟》以後的聖杯故事充滿強烈道德味，追尋聖杯的人必須要有純潔的心靈才能獲得聖杯力量，而耶穌是決定主角是否擁有純潔心靈的裁判。在後來寫成的《帕西瓦》中，帕西瓦將聖杯歸還到城堡，向國王提出正確的問題，才將垂死的老王給救活。

羅馬教廷對聖杯傳說抱著複雜的態度，它對宣揚基督精神多少有些幫助，但它和教會又似乎沒什麼關係，故事中的武士靠昇華自己來獲得聖杯，完全不需要教會的引領或教誨。而且

聖杯故事有地域性，主要流傳在英、法、德國一帶，東歐的東正教勢力圈內對聖杯就不太熟悉。（不知道《達文西密碼》在東歐是不是仍然暢銷？）

仔細觀察聖杯的歷史，雖然八百年來有無數人堅信聖杯的存在，也有幾個城市如美國華盛頓、義大利熱內亞宣稱它們保存著真正的聖杯，我寧可相信聖杯是種精神象徵，它代表對崇高理想的渴望與追求，一個不存於俗世的不可知寶藏，唯有靠不斷的精神與心靈提升才有機會接近它。

《達文西密碼》的先行者

十二世紀末由威爾斯傳說和基督教混合出來的聖杯傳奇，怎麼會和第一世紀的抹大拉扯在一起呢？這就要感謝《聖血與聖杯》三位作者的創造力了。

亨利・林肯（Henry Lincoln）是英國BBC節目「紀事」（Chronicle）的紀錄片製作人，一九六九年他無意間讀了一本平裝的法文書《被詛咒的寶藏》，這本略帶懸疑的書提到法國南部有位村莊神父，在他的教堂裡發現一些加密的文件，雖然這些文件的正文被刊出來，書中並沒

有提到被解密的部分。研讀這本書後林肯認為
他看出了其中祕密，覺得有發展成紀錄片的潛
力，他和《被詛咒的寶藏》的作者見面並保持
聯絡，對方主動「餵」了他更多資料，林肯和
他上司逐漸瞭解他們遇上一個難得的故事。

　　一九七二年二月「耶路撒冷的失落寶藏？」
播出，法國西南部「雷尼堡」的神祕面紗第一
次在世人面前被掀開，節目引起激烈的迴響，
兩年後「神父、畫家、惡魔」紀錄片播出，觀
眾反應依然熱烈。由於雷尼堡的故事牽連到聖
殿騎士團，林肯向研究聖殿騎士頗有心得的朋
友李察‧李伊（Richard Leigh）求援，李伊又
找來同業麥可‧白金特（Michael Baigent），這
個老中青三人組先後完成了第三部BBC紀錄片
「聖殿騎士團的陰影」，以及一本震撼宗教歷史
及文化界的書。

　　一九八二年《聖血與聖杯》（*Holy Blood,
Holy Grail*）出版，以雷尼堡故事為主軸，描繪
出一個奇特的兩千年旅程：抹大拉是耶穌的妻
子，耶穌受難後抹大拉和弟弟拉撒路帶著同志
逃到法國南部，抹大拉和耶穌的後裔在這裡建
立了猶太社區，與統治早期法蘭克的墨洛溫王
朝通婚，這條血脈下傳到戈德弗瓦，並與歐洲

一些重要的皇室家族如洛林、哈布斯堡聯姻。聖杯的法文同義字就是「聖血」，指的是耶穌的血脈，聖杯真正的意思是盛著耶穌血脈的子宮，也就是耶穌的妻子抹大拉。

《聖血與聖杯》同時介紹了一個叫「錫安會」的神祕會社，成立在中世紀初，成立的目的就是要保護耶穌的血脈，有朝一日讓耶穌和抹大拉的後人登上法國和耶路撒冷王位。錫安會歷代的盟主都是歷史上響叮噹的人物，包括李奧納多、波提且利、牛頓、德布西和雨果等。此外，聖殿騎士團其實是由錫安會成立的，目的是回到耶路撒冷所羅門聖殿廢墟去尋找寶貴的聖杯文件。近千年來錫安會一直是聖杯文件和聖杯後人的保護者，這個祕密終於在雷尼堡被神父發現，錫安會的身分和使命也因此曝光。

簡而言之，《聖血與聖杯》就像是二十年前的《達文西密碼》，但它不是用虛構小說的形式出現，比較像報導文學，也像是不嚴謹的半學術研究，因此引起的迴響和爭議有限，時間久遠後逐漸被遺忘。

但這本書的影響力是無可否認的，它巧妙地把抹大拉和聖杯結合在一起，成為丹‧布朗靈感來源，它的理論架構也形成《達文西密碼》

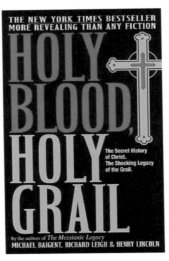

故事的主軸，丹·布朗唯一省略掉的部分是雷尼堡，讓不熟悉《聖血與聖杯》的人忽略這段歷史的來龍去脈。小說中列舉這本書是提賓爵士重要的參考書，等於丹·布朗承認是他的重要參考書，他甚至將《聖血與聖杯》其中兩位作者的名字用在書中，李察·李伊的姓和李伊·提賓的名用了同一個字，而提賓（Teabing）是白金斯（Baigent）的變位字。反而聖杯／抹大拉理論的老大哥亨利被忽略了。

異端悲歌

　　丹·布朗還有另一本重要的參考書，就是《聖殿騎士團之密大公開》，這本書於一九九七年出版。皮克耐和皮林斯是英國出版界頗有名氣的調查報導作家，關心的主題多為歷史、宗教、神祕事物等，「雙皮」對聖杯主題的興趣

源自李奧納多‧達文西。他們撰寫前一本著作
《杜林裹屍布之密大公開》時對李奧納多人與事
多有研究，過程中他們發現《最後的晚餐》隱
含了抹大拉和聖杯的密碼。以李奧納多的密碼
做為起點，他們開始實地採訪了《聖血與聖杯》
中重要的地點和人物，等於是《聖血與聖杯》
的補充版，但內容的重點仍有差異：《聖血與
聖杯》主要在討論法國王座血脈，包括耶穌和
抹大拉本身的血統以及墨洛溫王朝的家系，這
本書的背後有特殊動機，提供資料給作者的人
有政治企圖心；《聖殿騎士團之密大公開》則
是在檢驗前者理論的可能性，作者支持抹大拉
的部分，對於錫安會則多有質疑。

　　《聖殿騎士團之密大公開》詳細介紹了普羅旺
斯的抹大拉崇拜，「雙皮」更進一步走訪法國
西南部的**朗德多克**（Languedoc）地區，朗德
多克夾在馬賽以西、圖盧茲以南、和庇里牛斯
山東麓之間，這裡曾是法國最富裕的地區，混
居著傳統天主教徒和所謂的純潔教派
（Cathars）。在十三世紀前這個地區不屬於法國
王室管轄，純潔教派也拒絕羅馬教會控制，他
們認為羅馬教會已經遠離了基督，主張回歸到
耶穌的原始教義，他們厭惡十字架和耶穌／聖

Languedoc
朗德多克

徒遺物崇拜，同時他們認為耶穌與抹大拉是夫妻或情侶。

　　純潔教派的主張被教廷視為異教邪說。一二○九年聖抹大拉日這天，教廷結合法國王室發動了「阿爾比十字軍」（Albigensian Crusade），將東征耶路撒冷的十字軍用在歐洲基督徒身上，四十年間屠殺了十萬名純潔教派信徒，撤底毀掉數個城鎮和朗德多克的文化，也促成法蘭西的「統一」。阿爾比十字軍是西歐基督教發展的分水嶺，在此之後基督教進入一段嚴厲黑暗的時期，羅馬教廷大權在握，宗教裁判所（Inquisition）於一二三一年成立，以宗教法庭來鎮壓異端分子和巫術魔法。無獨有偶地，十二世紀以來對抹大拉的崇拜也從此盛極而衰，抹大拉的精神只能靠聖殿騎士團等組織悄悄地延續下去。

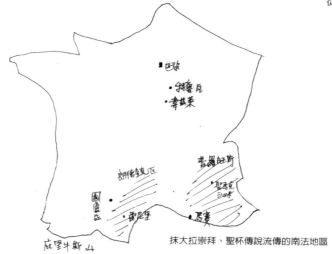

抹大拉崇拜、聖杯傳說流傳的南法地區

【後語】

　　二〇〇三年韓國出品了一部青春愛情電影《瑪德琳蛋糕》，頗受歡迎。現實中真有瑪德琳小蛋糕（Madeleine），是法國經典甜食，長得像貝殼，適合搭配下午茶享用。稱它蛋糕其實不太恰當，瑪德琳又像餅乾又像餡餅，奶油味重，據說咬一口瑪德琳會「勾起濃濃的鄉愁」。

　　一看它的法文名字，讀者應該猜得出瑪德琳是用來紀念抹大拉了，每年七月二十二日抹大拉日這天，瑪德琳的銷量總會特別好。瑪德琳緣自法國洛林省的康莫西鎮（Commercy），用橢圓形盒子包裝，先是流行在洛林一帶，逐漸風行全法國。康莫西曾經有個紀念抹大拉的修道院，據說瑪德琳食譜就是修道院修女發明的，後來賣給康莫西糕餅業者，成就了一個點心傳奇。

【題外話】

瑪德琳教堂

　　在巴黎市眾多知名建築物中，有一座教堂是丹·布朗最應該放進小說中的，它叫做瑪德琳教堂，也就是抹大拉教堂（Eglise de la Madeleine），可惜來巴黎前我並不知道這地方，即使它就在協和廣場附近，我竟然還錯過了。在看過羅馬式或哥德式教堂後，我很好奇希臘神廟造形的教堂會是什麼模樣，因為瑪德琳教堂正是拿破崙於一八〇四年仿雅典的帕德嫩神廟（Parthenon）所建的，神廟四周圍繞著五十四根巨大石柱，用來歌頌他常勝陸軍的榮耀。拿破崙失勢後，路易十五才將它改為紀念抹大拉的教堂，我懷疑他是否有特殊用意，帕德嫩是紀念希臘女神雅典娜的，難道路易十五也是在紀念他心目中的女神嗎？

丹·布朗和筆者都失之交臂的瑪德琳（抹大拉）教堂

線索 ❻
眞假錫安會

BIBLIOTHEQUE NATIONALE

【關鍵字Keywords】
・錫安會騙局
・雷尼堡傳說
・波提且利

國家圖書館員們的煩惱

「巴黎還有另外一個國家圖書館嗎？」我不知從哪裡來的靈光乍現，突然問出這個問題。在此之前這位可憐的老兄已經陪著我在電腦上忙了老半天，查遍密特朗國家圖家館的資料庫。

當我請教這位圖書館員如何查詢資料時，他出乎意料地用生硬但客氣的英文回答，表示他非常樂意協助我，完全想不到接下來的尷尬場面。

「請問你要查什麼？」他問。

「**錫安會**的祕密檔案，」我硬著頭皮說，擔心他會把我當成瘋子，但他並沒有，只是一時反應不過來。

Prieure de Sion
錫安會

「就是《達文西密碼》裡的錫安會。」我給他提示。

聽到達文西密碼這幾個字他馬上會意過來，先用Dossiers Secrets開始查詢圖書館資料庫，結果出現五十二個結果。我猜他一定讀過這本小說，因為他馬上再用法文 Prieure de Sion 進行交叉查詢，但是沒有任何結果再出現。

「試試看基督教。」我建議他。

他輸入基督教這個字去比對，沒有任何結果。再試宗教，也沒有結果。

「歷史如何？」我再建議。

就這樣二十分鐘過去了，我們絞盡腦汁想用什麼字能篩選出進一步的結果，但是都徒勞無功。

「是的，還有一個國家圖書館，」他回答我，臉上表情開始放鬆，好像終於找到方法可以把我支開。他不等我答話立刻開始找地址，但是桌上就是找不到另一個圖書館的資料，情急之下他上到Google網頁，直接搜尋地址。

「黎希留街五十八號，」他興奮地說。

「黎希留街？那不就在羅浮宮附近嗎？」我竟然繞了一大圈冤枉路。

「我不清楚，」圖書館員不好意思地說，「我不是巴黎人。」

我拍拍他肩膀表示感謝，心想還好你不是巴黎人，否則早就把我轟走了。

在巴黎的第三天我已經是Metro老手，密特朗國家圖家館在紫色14號車終點站，我直接坐反方向車到金字塔站（Pyramides）下車，這個金字塔不是羅浮宮的金字塔，而是在歌劇院大道上的地鐵站，不確定它名字的由來。我沿著大道向上走，大道盡頭就是美輪美奐的巴黎歌劇

巴黎歌劇院日夜景

院，碧綠色的圓扁屋頂旁有兩座金色的雕像，大道另外一頭是羅浮大飯店，夜晚裡羅浮大飯店外觀總是燈火通明，比巴黎歌劇院還要璀璨耀眼。

我在小香榭街（Rue des Petits Champs）右轉，這條街曾出現在小說的終曲裡：回到巴黎後的蘭登經過一日好眠，醒來後忽然想通了索尼耶赫最後一道謎語。他離開巴黎麗池飯店後走上小香榭街，就像我現在朝東走在這條不起

羅浮大飯店夜景

眼的巴黎小街上，到達下個路口時蘭登往南轉上黎希留街（Rue de Richelieu），但我在十字路口停了下來，路口斜對面正是黎希留街五十八號，它老舊的外觀讓我馬上知道找對了地方，因為錫安會的「祕密檔案」是在半世紀前被匿名存進圖書館的。

結果這個國家圖書館不但老，還是全巴黎市最老的，整座石材建築呈長方型，入口非常不起眼，只有約四米寬，十五米高，上面鑲著BIB-LIOTHEQUE NATIONALE 的金字，牆壁上沒有任何宣傳海報，通道中只吊著一盞孤燈。穿過通道是個中庭，和羅浮宮的拿破崙中庭有點類似，應該是古典式建築的共同特色，一台金屬探測器就設有右手邊走廊上。我通過探測器和木門來到圖書館簡單的前廳，櫃台後面是位巴黎味很重的中年婦女。

「請問《達文西密碼》提到的祕密檔案存放在這裡嗎？」我一口氣把問題講完，擔心沒有機會再問第二句話。

中年婦女點點頭，露出曖昧的微笑，顯然我不是第一個問這問題的人。

「我該朝哪個方向走？」我繼續問。

「噢，你看不到那些文件的，」她語帶同情地說。「只有學者和研究人員才能看到。」

我想是我的ROOTS運動外套和滿臉鬍渣洩了底，但我不放棄，謝過她後在圖書館裡到處逛，最後來到二樓文獻室時才被擋下來，一位圖書館員面無表情地聽完我的問題，我知道我的運氣快用完了。

國家圖書館通往文獻室階梯

「根本沒有這些檔案。」她毫不遲疑地回答。

「但是書上寫得很清楚……」

「那是虛構的小說。」她打斷我，然後轉身忙別的事，看來我們的對話結束了。

「妳讀過《達文西密碼》嗎？」我想再和她套交情。

「當然。」仍然沒有表情。

錫安會的秘密檔案

巴黎國家圖書館的員工應該會有興趣讀《達文西密碼》吧，畢竟不是每個人上班的地方都會出現在賣座三千萬本的小說裡。如果我的小小調查工作顯得不太順利，獲得的片斷資訊甚至相互矛盾，這和環繞在錫安會周圍的真假虛實比起來，只能算是小巫見大巫。

錫安會的「祕密檔案」是一九五○至六○年代被不知名人士陸續放到國家圖書館的，這些檔案

包括簡報、小冊、信件、墨洛溫王朝家譜、墨洛溫時代的法國地圖、與星座有關連的詩作，以及對錫安會的介紹等。

　　根據「祕密檔案」，錫安會是由法國貴族戈德弗瓦·布永（Godfroy de Bouillon）於一〇九〇年成立的，時值首次十字軍東征期間，九年後十字軍拿下聖城耶路撒冷，戈德弗瓦成為耶路撒冷國王。錫安會宣稱是聖殿騎士團背後真正的推手，藉由它來累積兄弟會的財力和武力，但是兩個團體在一一八八年分道揚鑣，錫安會開始設置自己的盟主，八百年來先後有近三十位盟主，其中不乏法國、英國和義大利的藝術、文學和科學界巨人。

　　《聖血和聖杯》將錫安會描述為歐洲最祕密也最具影響力的會社組織，主要成員來自數個知名的貴族家族：安茹（d'Anjou）、迪巴赫（de Bar）、聖克萊赫（Saint-Clair）等，許多這些家族的人曾出任錫安會盟主，特別在十六世紀之前。其中第十任盟主荷內·安茹（Rene d'Anjou）最有名，他生於一四〇八年，一生中擁有過無數頭銜，包括亞拉崗（Aragon）國王、那不勒斯及西西里國王、洛林（Lorraine）公爵、普羅旺斯伯爵等，這些地方就在今天法

國南部到西班牙東南部一帶，正是抹大拉崇拜最盛的地區。安茹家族對抹大拉的迷戀一如李奧納多對施洗者約翰，《聖殿騎士團之密大公開》指荷內曾在普羅旺斯出資興建多座抹大拉教堂，今天貢在聖馬克沁米的抹大拉遺骨據說就是他的先祖挖出來的。

錫安會的目標相當匪夷所思，它要恢復曾於五至八世紀統治法蘭克王國的墨洛溫（Merovingian）王朝，將墨洛溫後人推上歐洲和耶路撒冷王國的寶座，因為這些墨洛溫後人擁有耶穌及抹大拉的血脈，是大衛王的後裔。錫安會宣稱耶穌後代一直是羅馬教會的眼中釘，歷史上有名的聖殿騎士團（十二至十四世紀）和純潔教派（十三世紀）都曾是耶穌後人的守護者，也都因此受到教會和宗教裁判所的迫害；參與法國投石黨爭的神聖聖禮團和德國的玫瑰十字會（皆為十七世紀）也被錫安會說成是它的分身。

其中讓我不解的是「盟主」李奧納多和另一位義大利文藝復興大師波提且利（Sandro Botticelli）。依照「祕密檔案」所列的時間表，李奧納多在一五一〇年至一五一九年去世前擔任錫安會盟主，這段時間剛好是他最後一段

「流浪」生涯，足跡遍及佛羅倫斯、義大利中部、米蘭、羅馬等地，一五一六年才到達法國，他和錫安會如何會扯上關係呢？原來米蘭的弗朗西斯科・史弗薩（李奧納多為他雕塑銅

波提且利《春》

像）與荷內・安茹是至友，李奧納多擔任軍事工程師的軍隊隸屬波旁王室總管（Constable de Bourbon），這個人是十六世紀初法國最有權力的人，他有可能在米蘭結識李奧納多，並且在李奧納多之後成為錫安會盟主。

　　但李奧納多如何在去法國前就出任盟主是我想不通的。更想不通的是波提且利，他一輩子都待在義大利，和上述的錫安會家族一點關係都沒有，有幾位教波提且利畫畫的名師曾經受荷內・安茹贊助，但這層關係過於薄弱，另外波提且利曾和李奧納多一齊當維洛基歐的學徒，如果這是他和錫安會的連結，他怎麼會在李奧納多之「前」出任盟主呢？

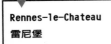

Rennes-le-Chateau
雷尼堡

索尼耶赫的發現

前文（〈線索5〉）提到，《聖血與聖杯》的作者亨利・林肯是因為「**雷尼堡**」傳奇開始接觸到錫安會，雷尼堡是什麼，它與錫安會有什麼關係呢？這是另一個漫長而奇特的百年故事。

法國西南部的朗德多克地區有個叫雷尼堡（Rennes-le-Chateau）的小鎮，一八八五年鎮上來了位年輕神父名貝宏傑・索尼耶赫（Berenger Sauniere），《達文西密碼》中被殺的羅浮宮館長就是以他命名。索尼耶赫生長在離雷尼堡三公里外的地方，但他並不是大家印象中的鄉村神父，據說他熟穩拉丁文和希臘文，並且訂閱德文報紙。「祕密檔案」記載，在一次教堂整修中，索尼耶赫神父發現一捆用密碼寫成的羊皮紙文件，被塞在一個支撐老教堂祭壇的廊柱裡。他把這些文件呈給他的大主教看，結果大主教指點他去巴黎找一位解碼專家侯非（Emile Hoffet），侯非有位長輩正好是聖許畢斯神學院的院長。

一八九一至九二年間索尼耶赫去了巴黎，拜訪一些不知名的人，包括侯非在神祕主義圈子的朋友，據說索尼耶赫還去到聖許畢斯教堂，研究教堂裡的畫作，又從羅浮宮買了些複製的

畫。回到雷尼堡後索尼耶赫突然變得很有錢，他開始大興土木，不但翻新原來的老教堂，另外又蓋了一個高塔，沒有人知道他的錢從哪裡來的。

自從雷尼堡神祕被公開後，每年都有數萬名遊客來此一探究竟，《聖殿騎士團之密大公開》作者也親自走了一趟，他們經過曲折的山路才來到這個山間小鎮，在小鎮外圍的懸崖邊聳立著一座中世紀造型的高塔，也就是索尼耶赫的「抹大拉塔」（Tour Magdala），曾經是他私人的圖書室和書房。抹大拉塔現在是對外開放的觀光景點，裡面有介紹索尼耶赫平生的小博物館。抹大拉塔旁有個花園，花園再連接到一間豪華的私宅「伯大尼別墅」（Villa Bethania），也是用索尼耶赫來路不明的財富蓋成的。別墅不遠處是村子的那座老教堂和墓園，墓園入口處有聖殿騎士團的徽章，墓園內葬著索尼耶赫和跟了他半輩子的女管家。

我看了林肯錄製作的一部紀錄片，帶領《達文西密碼》迷去參觀雷尼堡。不令人意外地，雷尼堡的小教堂也是獻給聖抹大拉的，而且在索尼耶赫來到雷尼堡前即存在。這教堂的名氣除了來自神祕的密碼文件，還有非常奇怪的異

端裝飾。教堂門前有座抹大拉雕像，進入教堂後首先看到一尊帶角魔鬼的塑像，魔鬼肩上架著聖水盆，不遠處還有個耶穌的雕像，和魔鬼以同樣姿態蹲著，聖約翰站在耶穌身後，用貝殼盛水為他施洗。教堂中刻著許多拉丁和古法文的《聖經》詞句，中間不乏有模稜兩可的雙關意義，更增添這座教堂的「非正統」氣氛。

祭壇下的抹大拉浮雕據說是索尼耶赫的最愛。抹大拉穿著金衣，跪在一本書前祈禱，旁邊還有個骷髏頭。祭壇後面的彩色玻璃上，抹大拉正從一張桌子下為耶穌的腳抹香膏（十九世紀末的抹大拉仍然是「有罪的女人」）。祭壇兩側牆上各有一尊雕像，一邊是聖母瑪利亞抱著聖嬰，另一邊卻是約瑟抱著聖嬰，兩個聖嬰一模一樣，不禁讓人想起耶穌有個雙胞胎的老說法。

這個故事最讓人不解的是索尼耶赫找到什麼。不管是什麼，它讓這位神父變得非常富有，他和女管家從此過著極奢侈的生活，招待各地來的名流貴族，到他去世前尼索耶赫有時一個月會花到十六萬法朗，他在巴黎、圖盧茲、布達佩斯等城市都有銀行戶頭，而且做了很多股票證券投資。此外，他和女管家會利用

夜晚在墓園裡到處挖掘，甚至把某貴族的墓碑銘文磨掉，顯然在尋找或掩飾什麼，另外他在教堂祭壇前挖開一個刻了「騎士」字樣的平石板，石板底下的地窖裡存有骨骸，他叫工人把石板移開後又將地窖填平。

許多人臆測索尼耶赫找到了古人留下的寶藏，但可信度不高。現代錫安會成員則宣稱雷尼堡根本就是該組織的根據地，索尼耶赫找到了墨洛溫王朝的譜系書，以及從福音書摘錄出來的加密訊息，這也許就是亨利‧林肯在《被詛咒的寶藏》一書中讀到的資料。

《聖殿騎士團之密大公開》懷疑這些說法，「雙皮」認為索尼耶赫將最初找到的資料帶到巴黎去，與這些資料有關的人士碰面，對方付給他優厚報酬，並要求他繼續留在雷尼堡提供服務，他之後怪異的行徑很可能是在尋找某種寶貴的東西，但他並沒有成功，「雙皮」大膽斷言寶物就是抹大拉的遺骨。從索尼耶赫發現羊皮紙文件至今已超過一個世紀，雷尼堡的祕密仍然籠罩在迷霧中，坊間有各式各樣的推論猜測，就是沒有一致公認的答案，也許永遠都不會有吧。

普朗塔的騙局？

　　在研究錫安會的過程中，我終於蒐集到最不
想讀的資料。當〈祕密檔案〉開始出現在巴黎
國家圖家館的同一時間，一個自稱為「錫安會」
的社團於一九五六年五月在法國安娜瑪塞
（Annemasse）正式登記，社團宗旨為促進會員
間的教育和互助，發起人共有四名，其中一人
叫做皮耶‧普朗塔（Pierre Plantard），一九二
〇年生，據他後來解釋，錫安會之名來自安娜
瑪塞南部的一座錫安山，五〇年代法國正經歷
第四次共和及阿爾及利亞戰爭，國內政治情勢
非常不穩定，隨時有政變的隱憂，因此他們決
定取一個不敏感的本地名字。（錫安會不是自
一〇九〇年就存在了嗎？）

　　錫安會確實曾有一些會員，但這個組織無疑
是普朗塔的個人秀，其他發起人可能只是掛
名。由他擔任主編的錫安會刊物 *Circuit* 開始對
安娜瑪塞的地產開發多有批評，在地方議會選
舉中也有鮮明立場，有些文章甚至鼓吹恢復君
主制度，這些主張很快引起治安機關的關切，
對錫安會一舉一動特別留意，但除了與當地天
主教團體有些互動之外，錫安會並不活躍，半
年之後甚至解散了。之後錫安會又斷斷續續在

一九六二年和一九九三年重新登記，都是普朗塔在幕後操作。

自一九五六年後，和錫安會相關的書籍、報導、傳聞、假設都和這個正式登記、但處於停滯狀態的社團沒有法律上的關係。普朗塔卻打著錫安會招牌推銷自己，他利用機會宣揚君主制度和騎士精神，並在他名字後面加上 de Saint-Clair，即前述錫安會重要家族之一，強烈暗示他是已廢除的法國王位合法繼承人。一九六○年代開始，據說他和一位作家朋友 Cherisey 開始偽造資料，對外宣稱這就是索尼耶赫在雷尼堡發現的祕密文件，藉此證明雷尼堡和錫安會有密切的關係，後來證實「祕密檔案」也是出於他們之手。接下來二十年間，感謝 BBC、《聖血與聖杯》和其它媒體提供的知名度，普朗塔成功將錫安會包裝成一千年來最神祕、最具影響力的會社，他的「創意」來源應該是第一世紀耶路撒冷王國的「錫安聖母瑪利亞會」（Abbey de Notre Dame du Mont Sion）。

普朗塔於一九八一年成為錫安會盟主，八四年退休，八九年又復出擔任盟主，同年再交棒給他的兒子。《聖血與聖杯》出版後陸續有學

者開始挑戰其中的謬誤和漏洞，並有報導指出普朗塔是有偽造文書記錄的右翼分子，最後連《聖血與聖杯》三位作者都承認錫安會可能是個騙局，聖杯和抹大拉的關係也只是他們的「假設」。一九八九年普朗塔想要重新引起世人注意，他自行否認之前的說法，改稱錫安會於一六八一年在雷尼堡成立。還是只出一張嘴。

一九九三年普朗塔犯了嚴重的錯誤，當時法院正在調查一位已去世的皮拉（Poger-Patrice Pelat），普朗塔主動向法官提供消息，宣稱皮拉生前曾經是錫安會盟主，結果法官假戲真作開始調查錫安會，從普朗塔家中搜出許多偽造的資料文件，包括宣稱他是法國真正的國王。普朗塔在法庭上作證時被迫承認一切都是假的，他最後被法官裁定不得再虛構或宣揚錫安會的事蹟，從此他消失在媒體上；一九九六年BBC很有後見之明地播出一部紀錄片「揭穿」這整個騙局，普朗塔於二○○○年鬱鬱而終。

丹·布朗以謊言虛構謊言？

《聖血與聖杯》和「祕密檔案」提供了《達文西密碼》的理論基礎，結果這個基礎竟然在十年前就被否定掉了，我忍不住重讀丹·布朗在

小說第一頁所寫的話：「錫安會，一個成立於
一○九九年的歐洲祕密會社，乃一真實組織。
一九七五年，巴黎的國家圖書館發現了一批被
稱為「祕密檔案」的羊皮紙文獻，指出了許多
錫安會的成員，其中包括⋯⋯」

　　我突然瞭解了，全世界為什麼有這麼多基督
徒和歷史學家對這本小說有如此強烈的反應，
除了它對耶穌和抹大拉的描述充滿爭議性，最
令人氣結的是它開宗明義說了一個謊。我讀過
不少外國小說在封面加註「這是小說」（A
Novel），或者在小說最後加上一頁，強調故事
中的人物、情節全屬虛構云云，還真沒見過有
人像丹・布朗這般公然睜眼說瞎話，身為一位
讀者我不禁也有被侮辱的感覺。拿爭議性或虛
構的話題來創作是一回事，拿確定是假的事情
來創作，並且大言不大慚地說它是真的，絕對
是另外一回事。

　　拿掉錫安會和聖杯的《達文西密碼》還剩下
什麼？一個全然虛構的懸疑故事，精采之處仍
有，例如抹大拉、李奧納多和一堆有趣的字
謎，但虛實之間給讀者的震憾力和想像空間只
得打對折了。

Sandro Botticelli
波提且利

【後語】

參觀羅浮宮時，**波提且利**也是不容錯過的早期文藝復興大師，從現今角度來看他沒有李奧納多重要，但在十五世紀末的佛羅倫斯，他可比李奧納多還早成名，受麥迪奇、岡薩佳斯、艾斯特等重要家族的贊助。

波提且利的創作以宗教畫與神話故事或文學典故為題材，他的畫風精緻，充滿女性氣質，輪廓線條富有詩意和世俗感，文藝復興的風格已然成形，他的作品不太重視人物背後的透視空間，注意力集中在描寫人物的內心世界，主角們彿彷迷失在自己的思緒中，流露出恍惚卻莊嚴的表情。

波提且利在羅浮宮的義大利畫派收藏中占有重要地位，從《有翼的勝利女神》雕像右側剛進入義大利館，第一眼就看到牆上兩幅巨大的波提且利，其中《維納斯和優雅女神送禮給女孩》（Venus and the Three Graces presenting gifts to a Young Woman）最引人注目，另外還有數幅肖像收藏在加西沙龍（Salon Carre）。和李奧納多相反，最有名的波提且利作品都留在佛羅倫斯烏菲茲美術館，包括《維納斯的誕生》、《春》、以及《三聖來朝》，如果

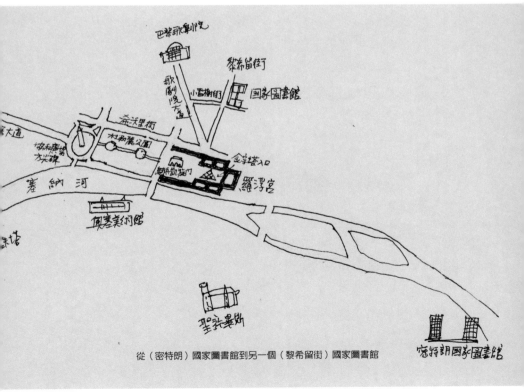

從（密特朗）國家圖書館到另一個（黎希留街）國家圖書館

波提且利《維納斯的誕生》

讀者有機會比較波提且利和李奧納多的《三聖來朝》，就知道兩者有多大的差異，以及為什麼後者的版本會被解讀成充滿密碼。

《維納斯的誕生》裡的維納斯頭像也被選為歐元硬幣裝飾，但沒有《維特魯威人》的一歐元值錢，面值只有十分之一。歐洲人也蠻大小眼的。

線索 **7**
一群貧窮的僧侶武士

從Chatelet車站要在地底下繞好一段路才能轉棕色11號往Mairie des Lilas，坐三站來到藝術技藝站（Arts et Metiers），乍聽之下這是個陌生的地方，《達文西密碼》中完全沒提過它。但離車站不遠有個著名的藝術技藝博物館，是介紹聖殿騎士團時一定要造訪的「聖地」。

《達文西密碼》中對聖殿騎士團的介紹有限，主要拿來哄抬錫安會。這個組織崇拜的頭像被寫成字謎，他們遺留在倫敦的教堂被拿來做為走錯路的陷阱。提到聖殿騎士團時，許多讀者自然會想到另一本懸疑問題小說《傅科擺》，我必須慚愧地承認，我讀《達文西密碼》之前並不熟悉這本書，後來在網路上有人拿《傅科擺》來和《達文西密碼》做比較，而且說前者比後者更優，這才引起我的好奇心。

Foucault's Pendulum
傅科擺

《傅科擺》（*Foucault's Pendulum*）作者是大名鼎鼎的安伯托·艾可，故事環繞著一位米蘭的年輕學者卡索朋，以聖殿騎士團做為博士論文題目，他和兩位出版社同事在偶然間讀到一篇密碼似的文章，他們自認從中破解出一個七百年前的聖殿騎士團「計劃」，接下來幾個世紀的歐洲歷史都和這計劃息息相關，故事的高潮

就發生在巴黎藝術技藝博物館裡，卡素朋目睹一群現代的聖殿騎士向他的同事逼供，最後當然死了很多人。

安伯托‧艾可（Umberto Eco）是義大利知名的文學評論、史學及美學家，更是記號語言學權威，他以學者之尊在一九八○年出版第一本小說《玫瑰的名字》，立即轟動全球文壇，迄今銷售超過一千六百萬本，《傅科擺》是他第二部小說，一九八八年推出後也廣受好評。艾可陸續又寫了《昨日之島》、《羅安娜女王的神祕火燄》兩部長篇，另外還有散文及二十餘本學術著作。

站在宇宙定理之前

我抱著朝聖的心情來到巴黎藝術技藝博物館，博物館前身是聖馬丁大教堂，站在博物館的前庭就能感受宗教的肅穆氣氛。博物館中成列著各式各樣工業時代早中期的產物，有老機械工具、老火車頭、老汽車、老飛機等，還有各種武器盔甲，對於機械器具歷史有興趣的遊客絕對是個好去處。《傅科擺》一開場卡素朋就來到這裡，躲在一個早期潛望鏡內直到博物館關門，然後在午夜時分目睹了聖殿騎士的殘

艾可《傅科擺》書影

原始的傅科擺銅球

忍儀式。

　　我來不及尋找那個潛望鏡，搶在一群戶外教學的中學生前到達「傅科的擺」。里昂・傅科（Leon Foucault）是位十九世紀的巴黎科學記者，一生致力於將科學知識介紹給巴黎市民。傅科同時是個天才物理學家，一八五一年他在巴黎萬神殿（Pantheon）進行了一場世紀實驗，他從萬神殿屋頂拉了條六十七米長的鋼線，線底接上一顆二十八公斤重的銅球，然後讓銅球自由擺動，由銅球行經的軌跡來證明一個物理現象，當時在場圍觀的群眾忍不住驚嘆「親眼目睹地球在旋轉。」

　　如今這顆銅球被陳列在博物館內，就在老教堂唱詩班所在位置，現場另外有個迷你版的傅科擺，從教堂圓頂最高處垂下約四十米的鋼線，接到一顆直徑三十公分的銅錘，銅錘下方是一張直徑四米的玻璃圓桌。我原本以為會看到來回擺動的傅科擺，但現場的銅球垂直停在圓桌正中心點，離桌面僅兩公分距離，一動也不動。我心中有些失望，不禁想

起《傅科擺》中有段很棒的描述：

> 六月二十三日下午四點那一刻，傅科擺正緩緩
> 地由擺幅的一端，懶洋洋地落到中心，慢慢加
> 快了速度，極有自信地劃過主宰其命運那隱而
> 不見的平行四邊形……我知道地球在轉動，
> 我也跟著轉動，而聖馬丁大教堂和整個巴黎也
> 跟著我轉動，我們全體都在擺的下方轉動。

　　我的失望很快消除，一位博物館員特別為那
群中學生示範擺的原理。她在圓桌上放了兩列
像是空彈殼的小金屬棒，金屬棒對準圓心，呈
圓弧形立在玻璃面上，
然後她開始讓銅球擺
動，我這才注意到玻璃
桌下放置了一塊板子，
很可能是用來產生磁
力。在真空中擺錘會永
恆地擺動，但由於與空
氣磨擦會造成阻力，必
須靠磁力來抵消它，否
則擺錘會逐漸停下來。
　　剛開始時銅球只是

巴黎藝術技藝博物館的前庭

複製的傅科擺（右）

從空彈殼旁邊輕盈劃過，過了幾分鐘後擺錘撞倒了第一個彈殼，再過了幾分鐘後又撞倒第二個彈殼，擺錘經過的路徑並沒有變，變的是彈殼的位置，由此可以證明地球確實不停在自轉。理論上，如果把彈殼排成一個圓圈，擺錘可以在二十四小時內將所有彈殼撞倒，表示地球自轉需要一天時間，但實際上擺要花三十二小時才能走回原點，這和地球自轉的軸線角度並非水平有關，因此只有放在南北極的擺才能在二十四小時完成圓周。小說裡還有一段寫得很傳神：

　　擺的面是永不會變更方向的，因為在那上方，

越過唱詩班席次的天花板，沿著擺錘的直線無
止境地外推，直上到最遠方的星群之間，藏有
整個宇宙的「唯一固定點」，永遠都不會動。

　　這個抽象的「宇宙間唯一定點」概念是傅科
擺永恆不變的基礎，也因此讓擺多了哲學和神
祕的意味。《傅科擺》中，聖殿騎士團就對擺
充滿興趣，在他們的聖堂內進行實驗，而聖馬
丁大教堂就曾經是一個聖堂。除了聖馬丁，歐
洲還有好幾個大教堂也安裝了傅科擺，艾可的
小說甚至將這些擺描述成是聖殿騎士團偉大
「計劃」的一部分，它們其實是某種測量的工
具，用來尋找地底下的重大祕密。

富可敵國的貧窮騎士

　　不像錫安會那般，**聖殿騎士團**確實曾在歷史
上發光發熱，它的全名為「所羅門聖殿的貧窮
騎士團」（The Order of the Poor Knights of
Temple of Solomon），《傅科擺》繁體版則把
他們翻譯成「聖堂武士」。第一次十字軍東征
後，歐洲人雖然在聖地建立起基督教王國，但
周圍仍住著仇視他們的回教徒，要從歐洲前往
耶路撒冷朝聖是極危險的。———八年出現九

The Order of the
Poor Knights of
Temple of Solomon
聖殿騎士團

名來自法國的年輕人，由貴族丁格・帕洋
（Huges de Payens）領導組成一個僧侶的教
會，他們可能是沈迷於十字軍東征的理想主義
者，九個人持有劍和盾牌，擔任朝聖者前往聖
地的護衛。最初的九年只有他們九位僧侶，遵
守貧窮、貞潔、服從三大誓言，很快獲得國
王、主教及聖城人們的支持，有人捐錢，有人
贈地，讓他們住在所羅門王殿的寺廟裡，他們
也因此被稱為聖殿騎士。有了知名度後，據說
帕洋還回到歐洲向皇公貴族募捐土地金錢，他
於一一二九年去到英國，在倫敦建立了第一個
騎士團的居所。

《傅科擺》把當年的耶路撒冷比喻成二十世紀
的美國加州，是年輕人成名發財的地方。漸漸
地越來越多人加入騎士團，他們可能在家鄉沒
有前途，或者因為某種原因在逃，他們有點像
是今天的外籍兵團，「如果你惹了麻煩，你要
怎麼辦呢？你加入聖殿騎士團，看看這個世
界，享點樂趣，打點架。」到了後來，聖殿騎
士團在歐洲的「事業」越做越大，許多人留在
家鄉也可以加入，不一定要去到聖地才能當聖
殿騎士，因此許多家境不錯的人也開始心動。

讓聖殿騎士團脫胎換骨的貴人是**克勞窩的聖**

▼
St Bernard of Clairvaux
克勞窩的聖伯納

（上、下）克勞窩的聖伯納

伯納（St Bernard of Clairvaux）。聖伯納是十二世紀基督教最爭議的組織家、神學家和政治家，他改革了本篤修會，出面平息了「雙教皇」之爭，並且大力鼓吹第二次十字軍東征，他的宗教改革熱情和政治手腕留下兩極評價，當後人在歌頌聖伯納的智慧、慈善和謙卑時，總有另一種聲音說他是「陰險的政客，無所不用其及打擊對手。」

聖伯納出身本篤修會支派的「西妥會」（Cistercian Order），在克勞窩建立起他的西妥修道院，成為中世紀基督教改革的重鎮。許多最早的聖殿騎士跟隨過香檳伯爵，其中一位是聖伯納的叔叔，聖伯納獲贈的克勞窩正好也是香檳伯爵的領地，也許基於層層情誼，當聖伯納受邀參加一一二八年的宗教會議時，他大力支持聖殿騎士團被正式認可為士兵僧侶團，直接隸屬教皇管轄。

聖殿騎士的貧苦英雄形象大半是聖伯納「包裝」出來的，他不但為騎士團撰寫禱告詞，又以修道院的標準制定了七十二篇規章，內容包羅萬象，讓人一窺騎士團結合修行與戰鬥的生活：

騎士每天都要望彌撒，不得與被逐的騎士有連繫，穿簡單的白色罩袍（外面是紅色十字架），不能穿皮裘，不准穿當時流行的曲形鞋，入睡時必須穿內衣褲，睡在草舖上，只有一條被單和毯子，每兩個人合用一只碗，吃東西時保持肅敬，一週吃三次肉，每週五有懺悔式，每天日出起床（如果工作特別辛苦可以多睡一小時，但在床上要多唸十三次主禱文），每位騎士配有三匹馬和一位隨從，馬韁和馬鞍不能有任何裝飾，隨身攜帶簡單精製的武器，禁止狩獵（獅子除外）。作戰時不能輕易投降，除非獲勝的可能性只剩下三分之一，既使如此還需要獲得指揮官的同意。

其中最嚴格的是個人財產都要捐給騎士團，還要遵守貞潔的要求。雖然騎士團不住在修道院裡，而是在俗世中作戰，但他們只准親自己的母親、姐妹和親戚，這是聖殿騎士團和十字軍最不同之處，十字軍的士兵並未如聖殿騎士般宣誓，他們占領一地後得以強暴回教女人洩慾。

這些規章是否都被遵守呢？至少有一項和事實有出入：聖殿騎士團通常是兩人共騎一馬，這應該是普遍的現象，因為他們徽章上印的正

是成雙的武士，也許藉此象徵他們即是僧侶又是武士的雙重身分。

蒸發了的聖殿騎士？

聖殿騎士徽章

由於聖殿騎士團接受了大量的捐款和贈地，他們的轄區逐漸遍及全歐洲，例如亞拉崗國王就打算給他們一整個區域，聖殿騎士並未接受，以西班牙的六個要塞交換；葡萄牙國王則送了一整座森林，感謝他們趕走信回教的摩爾人。聖殿騎士團自然成為歐洲和巴勒斯坦之間最保險的橋樑，打算去朝聖的人需要錢，但又擔心帶著珠寶金子旅行，就把他的財產留在歐洲的聖堂並取得一張收據，到了聖地後便可以按收據向騎士團領現金。因此，聖殿騎士又被稱為歐洲最早的銀行，他們訂定信用評等，支付各種基金，並且操縱利息，經營保險箱，成為世界上第一個「跨國企業」。

直屬教皇的特殊身分讓聖殿騎士團擁有許多特權：他們被免除所有稅賦，還可以在管轄地區內徵稅；他們獲准保留戰利品，不管他們擁有的產業在何處都獨立運作，不受當地國王或主教管轄。聖殿騎士的大首領有如教皇世子般，統馭自己的軍隊，管理大批土地，雖然經

過選舉產生，一旦選上後擁有絕對的權威。因
此各國君王和主教對這群化外之民又愛又恨，
愛他們的作戰能力遠勝過十字軍的烏合之眾，
恨他們有錢有權卻又完全管不到。

這種恐怖平衡終究不能持久，隨著最後一座
聖地城堡在一二九一年被回教徒攻破，歐洲人
全面自巴勒斯坦撤出，聖殿騎士團無戰可打，
逐漸失去存在的價值和保障，他們仍然很有
錢，但只能窩在各地的聖堂內，花大部分時間
管理龐大的財富。首先發難的法國「美君王」
腓力（Philip the Fair），據說他要求成為榮譽的
聖殿騎士但遭否決，他惱羞成怒改建議教宗將
騎士團與聖約翰慈善武士合併，但在聖殿騎士
大首領傑克·莫雷（Jacques de Molay）干涉
下此計又不成。腓力剩下詆毀一招，羅織的罪
名洋洋灑灑：同性戀、雞姦、私通回教祕密組
織、穿著回教衣服、講摩爾話、崇拜貓、崇拜
巴風特（Baphomet）、入會儀式中否定基督三
次、對基督受難像吐口水、踩十字架、脫光衣
服親屁股、親肚臍、親嘴、再加上一個放高利
貸等等。

終於，再寬宏大量的教皇克里蒙五世也看不
下去了。在他沈默或許可之下，腓力下令於一

三○七年十月十三日大肆逮捕法國的聖殿騎士，產業全數充公，被捕後的刑求極為殘虐，在巴黎被捕的一百三十八人中竟然只有四人拒絕招供，其餘人全都承認不諱，包括大首領莫雷（他後來又翻供了）。其他國家同步進行逮捕，義大利最為積極嚴厲，被捕人的證詞與控訴「幾乎完全一樣」。在英國，沒有人真想進行審判，證詞書上紀錄的是平常的控訴；在葡萄牙，聖殿騎士不但沒被迫害，反而被國王拯救；在亞拉崗，他們被判無罪。大首領莫雷被捕七年後堅決不承認罪行，最後在巴黎被處以火刑，據說他死前曾詛咒迫害他的人，果然教皇和腓力國王都在同一年相繼死去。

　　全歐大逮捕後，聖殿騎士團表面上被解散了，但真正遭凌虐或燒死的人只占少數，其他騎士到哪裡去了？部分人被釋放後改名解甲歸田，或投奔對騎士團最友善的葡萄牙或蘇格蘭，另外的說法是他們化明為暗，成為後起的祕密會社如「薔薇十字會」或「共濟會」的前身。安伯托·艾可就循著這項歷史的細索，在《傅科擺》中編織出一個充滿想像力的故事（而且從來沒宣稱故事是真實的）——

三位米蘭編輯從一張來自普羅旺斯的密文中破解出聖殿騎士團的「計劃」：聖殿騎士自巴勒斯坦回教徒那兒發現一個重大祕密，地球底部暗藏著神祕潮流，就像是地球的臍，如果能找到地底潮流，就能控制無限的力量。聖殿騎士團為了尋找這個地底潮流，表面上放棄他們的組織和財富，大部分成員卻在一三○七年大逮捕前就化整為零，分別躲在葡萄牙、英國、法國、德國、保加利亞、和耶路撒冷六處。每一百二十年，按照上述的順序，前一國的祕密守護者將這個祕密傳給下一國的守護者。他們在歐洲各地建蓋教堂，並且裝設擺，就是要測量地底潮流的確切位置。這個計劃不幸因歐洲曆法的改變在十六世紀中斷了，英國守護者（即共濟會）並沒有和法國守護者在聖馬丁大教堂碰到面，因此英國尋求德國（即薔薇十字會）合作，假借發表「薔薇十字會」宣言想與法國守護者重新取得聯繫，同時羅馬教會派出耶穌會反制，於是接下來四百年歐洲歷史就是這幾股勢力暗底較勁的結果。最後證明三位編輯的理論完全是錯誤的，但「真正的」聖殿騎士後人信以為真，想要逼出地下潮流的位置，於是引發一連串殺機。

荒墟中的真相線索

　　歷史上的聖殿騎士團被控罪名很可能是杜撰的，但從中反映出聖殿騎士的神祕性和「密教」傳言，特別是將一連串反基督的指控加諸在一個效忠教皇的僧侶團身上，顯得特別不尋常。難道這中間存在某種程度的事實？

　　讓我們再次回到法國南部。十一世紀的普羅旺斯是香檳伯爵（Cont de Champagne）的領地，當時那裡是中立區，法王無權干預，聖殿騎士團最初九個人都來自香檳區或附近的朗德多克區，部分成員曾擔任香檳伯爵屬下，所以法國南部就是騎士團的發源地，他們承襲這個地區傳統上對抹大拉的崇拜，朗德多克更是純潔教派重地，教會眼中的異端大本營，因此騎士團存有對基督教會的反感是可以理解的。《聖殿騎士團之密大公開》兩位作者特別注意到朗德多克曾是聖殿騎士團最活躍的地區，全歐近三分之一的騎士團財產都集中在這片山區裡，完全不成比例，當年的聖堂要塞變成今天荒野中的斷壁殘垣，繼續守護著滿是歷史傷痕的土地。

　　《聖殿騎士團之密大公開》也提到聖殿騎士對施洗者約翰的崇拜：聖約翰是他們的守護聖

者；佛羅倫斯紀念聖約翰的洗禮堂就是聖殿騎士慣用的八角型建築；傳說中聖約翰的右手食指骨是他唯一留存下來的遺骨，被帶到普羅旺斯交給聖殿騎士團，騎士團視其為寶貴的聖物，不管這傳說是真是假（我猜是假的），這可能就是李奧納多「約翰的手勢」的由來。

達文西《施洗者約翰》

巴黎聖母院東端

【後語】

　　當抹大拉崇拜和聖殿騎士影響力在十二世紀達
到巔峰時，基督教也進行了大規模改革運動，
背後重要推手正是克勞窩的聖伯納，他將中古
世紀以來集體「聖禮儀式」的基督教，改良成
以個人「直接信仰」的基督教，將耶穌的平生
尊為典範，大幅提升聖母瑪利亞的地位，瑪利
亞是人與耶穌之間的代求者，經由瑪利亞救世
主才得以來到世人面前。藉由聖伯納之手，聖
母教派（Virgin cult）成為基督教的一股重要
力量，聖母信徒幾乎和耶穌信徒畫上等號，基
督教中的神聖女性角色也由抹大拉轉變成聖母
瑪利亞。

　　與聖伯納改革運動同步發展的是以「聖母」之
名大肆興建的哥德式大教堂，其中**巴黎聖母院**

Notre Dame de Paris
巴黎聖母院

（背景）巴黎聖母院雄偉的西面牆

巴黎聖母院的西面玫瑰窗

（Notre Dame de Paris）最能代表法式哥德建築風格，有著「哥德教堂的世界大使」美稱。

聖母院位於羅浮宮東南側二公里處，建在塞納河中的西堤島上。我在午後沿著塞納河畔散步到聖母院來。這個河中島自古一直被當成祭祀聖地，凱爾特人、古羅馬人及早期基督教徒先後在此建過四座神殿或教堂。聖母院於一一六三年破土動工，西面牆先於一二○○年完成，南北袖廊和東端則再過半世紀才完工，因此各代表了哥德早期和全盛期的不同風格。這時的巴黎已逐漸成為歐洲最大城市，聖母院正是為了匹配巴黎的新地位所建的，所以它要比其它任何教堂更大、更高、也更氣派。

▼

Gothic cathedral
哥德式大教堂

巴黎聖母院全長一三○米，高三十四米，西面牆塔樓更高達六十九米。它的外型包含了所有**哥德式大教堂**的特徵：垂直的線條、氣派的西

審判之門與兩側聖徒雕像。左圖右二為約翰

面牆、彩色玻璃鑲的玫瑰窗、尖塔、避邪的怪
物雕像、如翅膀般的支撐柱等。內部結構也很
好辨認，圓弧狀的拱形天花板被交叉的肋骨穹
窿支撐向上，如此為教堂內部創造更多空間出
來，這是哥德式建築最大的成就，教堂似乎可
以無止境地向上延伸，任何遊客走進聖母院都
會忍不住抬頭驚嘆，一如中古世紀的信徒仰望
教堂頂部，在那兒他們似乎看見了上帝。

　　其實這種敬畏感不是偶然的，而是哥德教堂建
造者的刻意設計。哥德式的建築哲學是將教堂
當成「刻在牆上的書」，中
古世紀絕多數信徒並不識
字，他們經由教堂有形和無
形傳達的訊息來認識主和基
督教義，學習聖徒的典範，
感受耶穌和聖母的偉大，在
仰之彌高的宗教氣氛中淨化
自己的靈魂。

　　我站在聖母院著名的西面
牆前研究它的三座大門，巧
得是七百年前聖殿騎士團大
首領莫雷就是在這裡被處火
刑的。聖母院三座門分別是

巴黎聖母院南袖廊的玫瑰窗和大門

聖母之門、審判之門、聖安娜之門。中央的審判之門特別氣派，耶穌坐在門口上方的聖座裡俯視「罪人」們魚貫進入中殿，大門兩旁立著十二門徒，我忍不住瞄了約翰一眼，果然一點都不像女人。三座門上面是一長列國王雕像，再上面就是巨大的玫瑰窗，這面直徑達十米的放射狀圓窗共分三圈，中間像是玫瑰花蕾，第二圈有十二花瓣，第三圈則增加為二十四花瓣，下方還有聖母聖子的雕像，被公認是最美麗的哥德玫瑰窗。

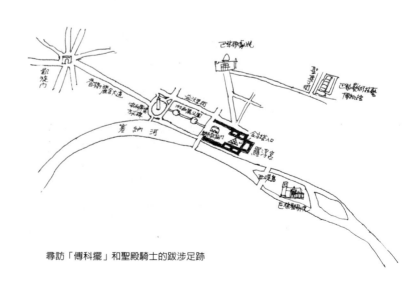

尋訪「傅科擺」和聖殿騎士的跋涉足跡

連接兩個塔樓的中央立著長角怪獸像（gargoyle），它是聖母院的「門神」，用來嚇走想侵犯教堂的魔鬼。我最感興趣的卻

聖母與聖子雕像（右）
中殿（左）

是南塔樓，也就是鐘樓，裡面吊著聖母院的大鐘「艾曼紐」。一八三一年年僅二十八歲的雨果（Victor Hugo）寫成《鐘樓怪人》，法文原名正是《巴黎聖母院》。這部小説多次被搬上銀幕，我不確定小時候看過哪個電影版本，但駝背的加西莫多抓著銅鐘棒子來回擺動的畫面，這麼多年後依然歷歷在目。

看得出神之際，我似乎聽到鐘樓傳出「艾曼紐」低沈迴盪的鐘聲，一聲，兩聲，三聲……我按照鐘聲的節奏，每一聲走五步，沿著原路散步回羅浮宮。

【題外話】

離開巴黎之前

　　巴黎有「燈之城」（City of
Light）的美稱，主要是歌頌它
燈火通明的燦爛夜景，除了地
標建築物如聖母院、凱旋門、
艾菲爾鐵塔都有裝置燈光外，
更典型的是巴黎熱鬧的餐廳和
酒館，夜色越深似乎賓客越
多，這和巴黎人飲食習慣密切
相關，他們通常到晚上八點甚
至九點才吃晚餐，所以餐廳都
到半夜才打烊，宵夜也就免
了，酒館則開到凌晨兩點，通
宵營業的地方卻也不多。巴黎
人晚餐吃得又晚又多，完全不
符合健康飲食原則，還好他們
將葡萄酒當開水喝，有效減低
了心血管疾病風險。

穿越英倫海峽

【關鍵字keywords】
· 聖殿教堂
· 共濟會
· 大班
· 西敏寺

初次攤開倫敦地圖時我有似曾相識的感覺，它和巴黎有許多類似之處：都有一條大河穿過市中心，把兩個首都各切成南北兩塊，市中心區都順著河的兩岸開始發展，逐漸向外延伸。我造訪過的羅浮宮、杜勒麗公園、奧塞美術館、聖母院、密特朗國家圖書館都沿賽納河而建，倫敦的聖殿教堂、國會大廈和大笨鐘、西敏寺等也都離泰晤士河不遠。

《達文西密碼》後段的故事突然移往英國，三位主角循著密碼線索要去尋找「被教宗埋在倫敦的武士」，於是他們坐上提賓的私人飛機，趕在天亮前穿越英倫海峽，目的地是倫敦的**聖殿教堂**（Temple Church）。

Temple Church
聖殿教堂

我也在天色發白之際從老街的小旅館出發，頂著冬晨的低溫加入通勤人潮。倫敦的地鐵Underground（或稱為Tube）讓人一目瞭然，十二線車各有名稱，又以顏色區分。搭Circle或District線到聖殿站（Temple）下車，車站出口就在泰晤士河邊上，往東走約二十米有個鐵柵門，柵門內是座氣派的六層維多利亞式大樓，大樓底部有個通道，那兒正是往聖殿教堂的入口。

第一次來這兒的遊客保證會迷路，我也不例

外，沿著帶點上坡的「中聖殿道」（Middle Temple Lane）往北走，約兩百米處有個不起眼的巷子，在這裡要右轉，再穿過另一棟樓的中庭才是教堂前的小廣場，廣場中央的石柱頂端立起黑色雕像，兩個騎士坐在同一匹馬上，一手拿旗，另一手握盾，我確定找對了地方，這裡是聖殿騎士的家。

飄洋過海，騎士安身

倫敦之於聖殿騎士團有特殊的意義。創始者丁格‧帕洋於騎士團成立九年後即來到倫敦募款，離開前在此建立了第一個聖殿騎士的固定住所。十九世紀中葉倫敦進行市區改建時，工人在 Holborn 區的地下挖出一個圓形教堂和

中聖殿道入口

倫敦地鐵

181

中聖殿道入口

修院的遺跡，正是七百年前帕洋留下來的老聖殿。等到騎士團變得有錢有權後，他們選擇在另一塊臨河岸的土地上興建新的聖殿，也就是今天的聖殿教堂，一一八五年完工時曾是倫敦的盛事，英王亨利二世親自參加落成典禮。這個聖殿根本是個軍事基地，集騎士團各階層成員的聚會、住所、餐廳、練兵場、遊樂場於一處，未經上級同意任何騎士不得私自離開聖殿。

倫敦聖殿不但是聖殿騎士團在首都的據點，也是他們在英國的總部，指揮另外七個分布在全英各地的聖殿。當騎士團逐漸發展成為跨國性銀行時，各地聖殿變成分行，倫敦聖殿即成了英國總行。巨大的財富帶來巨

聖殿教堂圓形堡壘造型與聖殿騎士雕像柱

聖殿教堂的正門和異教裝飾

大的影響力，總行首領曾經在英國國會占有席次，卻又完全不受英王控制。曾經有這麼一段聖殿騎士的囂張歷史：一位肯特男爵犯了錯，被英王關到倫敦塔監獄裡，英王要求將他保存在倫敦聖殿的巨額財富充公，但遭到聖殿騎士拒絕，理由是他們認人不認王，必須先獲得保管人的同意。結果英王只得逼迫肯特男爵點頭，倫敦聖殿才把錢交出去。

聖殿教堂的外型真的很特別，完全顛覆了我對教堂的刻板印象，它的中殿像個圓形的堡壘，據說是仿照聖城所羅門聖殿的設計（八角形是另一個聖殿騎士團建築特徵，也和所羅門聖殿有關）。圓形中殿的正門朝西，線條粗獷而古樸，周圍的裝飾雕像只能用「詭異」來形

聖殿教堂的拱型側門和兩側玫瑰型石雕

容，有模糊不清的少年少女頭像，還有凸眼大嘴的怪獸臉像，就是不見任何基督或聖徒造形，果然充滿了異教特色。教堂側面沒有袖廊，只有一個拱形側門，兩側各裝飾著一朵玫瑰形石雕，也許真是用來暗喻抹大拉的。

木門上貼著一張簡單的告示，歡迎大家周五來聽主持分享他對《達文西密碼》的觀點，入場費用為三英鎊。聖殿教堂如今已是一所英國國教派的教堂，也許基於如此，對丹‧布朗小說有較寬容的態度吧，和聖許畢斯教堂的反應大異其趣。只可惜當天不是星期五。

更可惜的是，我在教堂正門邊讀到另一張告示：基於「未能預期的原因」，教堂於一月十六、十七日兩天不對外開放。我算算這不正是我在倫敦停留的那兩天嗎！真是太不巧了。因此我沒能進入聖殿教堂參觀那九具聖殿騎士的棺木，算是這趟達文西密碼之旅唯一的缺憾。不過我從網路上讀到的資料對教堂評價並不

高，主要是聖殿教堂經過好幾次整修，當初的聖殿騎士味早已被英國國教味取代，教堂內顯得陰沉冷冰，所謂的聖殿騎士棺木其實並不是棺木，而是騎士的芻像，所紀念的騎士也並非真的騎士，而是當初大力支持聖殿的贊助者。

騎士棺木的芻像

聖殿騎士團解散後，倫敦聖堂落入了英國皇室手中，之後輾轉交給兩個法律機構租用，十七世紀初詹姆士一世發佈諭令授予它們永久使用權，唯一條件是要負起聖殿教堂的管理責任。聖殿教堂逃過了一六六六年倫敦大火，但躲不過二次世界大戰，德國轟炸倫敦時曾讓教堂嚴重受損，大部分木質部分都被燒毀，教堂經過十餘年修復才重新開放。

如今被皇室特許的兩個機構被稱為中聖殿（Middle Temple）和內聖殿（Inner Temple），是倫敦四個具有律師檢定權限的協會之二。最接近教堂周圍的建築大都由兩個協會使用，其外圍還有一圈維多利亞式的樓房，也多被改建成為辦公室，將聖殿教堂團團圍在最中央，不但光線差又特別難找。回程時我經過了中聖殿協會的金庫，大門上方有複雜精美的石雕裝飾，包括一個盾牌和一隻彎著腿的綿羊，我特別注意綿羊的彎腿勾住一根長柄的十字杖，我

中聖殿道的建築裝飾石雕

馬上認出那是施洗者約翰的象徵物，難道這又是另一個隱藏的密碼嗎？我不禁納悶，自己是升等為「看門道」的內行人了，或者只是中了神經質的陰謀論毒？

部分陰謀論學者在討論聖殿騎士團對後世影響時，往往會提到他們在教堂建築上的貢獻，其中許多觀點被寫進《達文西密碼》：聖殿騎士團是十二、十三世紀大教堂的主要資助者，他們所訓練的石匠創造了哥德式教堂風格，將騎士團對抹大拉和神聖女性的崇拜融入了教堂設計中，因此今天的哥德教堂充滿象徵性的「女性原則」（feminine principles），包括教堂正門模仿女性的陰唇，教堂中殿是女性的陰道，教堂上方肋骨穹窿中央的薔薇花蕾更像是女性的陰蒂，簡言之，整座哥德教堂就是一個大子宮，難怪進入教堂就像是回

到母親體內般充滿安全感。另外還有些比較清楚的符碼，例如盛聖水的盤子通常做成貝殼狀，傳統上代表著女性生育能力（波提且利所畫的《維納斯的誕生》中，維納斯就從一顆大貝殼中出現）；更不用說最具代表性的玫瑰窗，維納斯的玫瑰，抹大拉的玫瑰，還有比這更清楚的隱喻嗎？

騎士後人，托身石匠？

在英國提起聖殿騎士團和石匠，就不得不聯想到全球最大的兄弟會「**共濟會**」。共濟會是中文翻譯，英文原名是 Freemason 或 Mason，根本就是石匠的意思。

最常讀到的共濟會起源有兩種，一是源自中古世紀的石匠行會，他們成群結黨遊走在各個新教堂的工地間，自然形成互助互惠的團體，他們以建築所羅門王聖殿的石匠老祖先為尊，並吸收了古代宗教及祕密會社的儀式傳統，相互傳授和保存特殊的建築知識技能。他們在建築新教堂的過程中或許曾受雇於聖殿騎士團，進而接觸到聖殿騎士的理念，這不是不可能，但即使有也只是間接的影響。

另一種說法就直接與騎士團有關。一三〇七

> Freemason
> 共濟會

年大逮捕後，一批成功逃脫的聖殿騎士遠走蘇格蘭，在那兒他們與石匠團體結合，形成後代共濟會的前身組織，當十七世紀初蘇格蘭王詹姆士繼承英國王位時，許多蘇格蘭貴族隨著他「進駐」倫敦，也將共濟會帶進英國。也有作家主張共濟會根本是由留在英國的聖殿騎士後人直接成立的，並沒有借道蘇格蘭。他們延續石匠傳統和對科學知識的追求，成為後來歐洲啓蒙運動的推手。

　　無論如何，自十四世紀末開始共濟會一詞就陸續出現蘇格蘭、英國和德國文獻中。《達文西密碼》介紹了愛丁堡附近的羅絲林禮拜堂，據信就是由十五世紀的蘇格蘭共濟會人所建的。我們今天所瞭解的共濟會是從「英國大共濟會」（Grand Lodge of England）於一七一七年開始的，他們特別選在施洗者約翰紀念日這天於倫敦成立，十年後巴黎另外成立「法國大東方會」（Grand Orient de France），後者代表歐陸的勢力，與倫敦分庭抗敵，他們共同之處是都有特殊的入會儀式和自治規章，以圓規和角尺做為象徵物，並且著圍裙、丁字規和抹子來紀念石匠的傳統。共濟會幾經分裂重組，已不再是帶有神祕主義色彩的組識，反而成為全

球最大的公開兄弟會，會員中不復見石匠之輩，以團結友愛經營政商人脈為主要目的，各國共濟會基本上遵循英國或歐陸的傳統，形成兩種共濟會系統的局面。

歷史上許多知名人物都是共濟會成員，包括聖阿爾班、莫札特、伽利略、培根、以及法蘭克林在內的多位美國開國元老（很多人宣稱美國其實是共濟會創立的，共濟會圖像甚至被印在美國鈔票上）。《傅科擺》就特別拿法蘭西斯·培根來做文章，明指他是十七世紀英國共濟會的首領，負責保存和傳遞聖殿騎士團的七百年大計劃。十八世紀法國人為了紀念他的貢獻，特別通過法律建造一所容納各種技藝行業的建築，就是要仿造培根在《新亞特蘭提斯》一書中所描述的「所羅門之屋」，一個收藏人類所有發明物之處。

原來巴黎藝術技藝博物館乃是為了紀念培根而建的，就設在法國聖殿騎士的避難所聖馬丁教堂。所有的史實和想像交錯在一起，讓人目不暇給，不知是真是假。

我離開聖殿教堂後，順著中聖殿道走回泰晤士河邊，再沿著河岸寬敞的步道朝西走，很快地就走到維多利亞堤岸（Victoria-

「倫敦眼」摩天輪與泰晤士河

Embankment），泰晤士河從這裡會向下轉九十度，變成朝南北向流，這段垂直的河道兩岸是倫敦市最精華地帶，其中河的左岸是西敏區（或西敏市），倫敦幾個最著名的地標都集中在此。我離那兒還有一段距離，河面上不時吹來冷風，口中呼出的熱氣馬上結成白霧狀，加上倫敦有名的灰暗天空影響了我的能見度，直到我穿過滑鐵盧大橋下方後，全世界最大的摩天輪「倫敦眼」才出現在左前方河的對岸。再往南走一段路還會再穿過一座橋，之後就陸續看到政府的辦公樓，其中最大最雄偉的當屬國會大廈（House of Parliament），英國上議院和下議院的所在地，它的前身是西敏宮，至今仍然維持著皇家宮殿的華麗氣派，我當下做了個比較，硬是把美國華盛頓的國會山莊給比了下去。

　　西敏區的北面是長條形的聖詹姆士公園，公園裡有個人工湖，景色比杜勒麗公園強多了，公園最西端就是英國女皇所住的白金漢宮。西敏區自然以國會大廈所在的西敏宮為重心，整個西敏宮長達三百米，充分展現出哥德式建築

的高挑垂直風格，最北端連接到一座深金色的大鐘塔，幾乎有一百米高，它居高臨下傲視泰晤士河，巴黎聖母院的南塔樓可能只有它的三分之一。

　　大笨鐘的英文原意是「大班」（Big Ben），為了紀念它的懸掛者班傑明·霍爾爵士。就像是巴黎的艾菲爾鐵塔或凱旋門，大班早已成為倫敦的代名詞，出現在無數名信片、照片或電視電影中，能與它齊名的可能只有倫敦鐵橋一處。大班以它超級巨大的鐘面聞名全球，共有四面，每面鐘的直徑為七點五米，單是分針就超過四米長，從一八五九年開始運轉，有趣的是它至今還用人工上發條，每整點都會發出深沈的鐘聲，當國會開議期間鐘面還會發光。據說每位英國人都認得出大班的鐘聲。

聖詹姆士公園

倫敦街頭的計程車

西敏寺中的陰靈

　　西敏宮左側是一片公園廣場，我沿著廣場的步道朝東走，發覺這一帶的交通流量明顯增加，馬路上最引人注目的是雙層紅色巴士，以及復古式的計程車，它們雖然

「大班」大笨鐘

西敏寺西面牆

西敏寺北袖廊

都做過修改以符合新世代
汽車的功能要求，但卻能
維持百年來的基本外形，
繼續替倫敦街頭散發懷舊
的媚力。

　　廣場盡頭聳立著另一座
巨大哥德式建築，但這回
不再是宮殿，而是我熟悉
的教堂。嚴格說起來**西敏
寺**（Westminster Abbey）
是座修道院而非教堂，至少Abbey的英文原意是
如此，但它的建築外形明顯地遵循哥德式教堂
傳統。我踩在枯黃的草地上向西敏寺走去，北
袖廊前擠滿準備進去參觀的人潮，我跟在一群
韓國遊客後面，咬著牙付了十塊英鎊入場，但
剛進門就忘記失血之痛，一股逼人的陰氣撲面
而來，我這才意識到自己走進一個非常特別的
地方。

　　西敏寺完工於一〇六五年，是英國君主登基
和舉行葬禮的地方，但它更是個室內大墓園，
超過三千位皇室、貴族和各界名人被葬在寺
中，較有名的人有雕像，不太有名的人也能在
地上或牆上找到名字。其中最有名的屬伊麗沙

Westminster Abbey
西敏寺

白一世和蘇格蘭女王瑪麗一世，後者是被前者砍頭的，結果兩個女人最後被放在同個墓室裡，算得上是歷史的小諷刺。另一個遊客的最愛是「詩人角」（Poet's Corner），朝拜者可以從牆上找到十幾位英國文人的名字，以及莎士比亞的塑像，可惜莎翁是被用來壯大「詩人角」聲勢的，據說他本人並未葬在西敏寺中。

詩人角（上）
莎士比亞雕像（下）

西敏寺是《達文西密碼》小說後段的重要場景，男女主角未能在聖殿教堂找到「被教宗埋在倫敦的武士」，他們轉而尋求電腦資料庫和搜尋技術的協助，最後發覺錯誤所在，原來他們以為的Pope不是教宗，而是英國詩人亞歷山大·波普（Alexander Pope），他們要找的knight不是武士，而是爵士，也就是被葬在西敏寺的牛頓爵士。我個人認為這是整本小說最有創意的部分，在此特別予以肯定。

當獨自一人旅行時難免會感到孤寂，這時候一點小偶然或小意外都可能被誇大成驚喜。當天吃早餐時，我在《每日郵報》上讀到一則法律新聞：一對情侶已經分手，但前男友未經同

意將前女友的馬尾剪掉了，女友一狀告進法院，法官因此必須辯論是否頭髮是有生命的，以及頭髮對於一個人的意義價值為何。我會注意到這則新聞是因為記者提到了十八世紀詩人亞歷山大‧波普的一段軼事，當年有位大公剪了一位女貴族的頭髮，引起嘩然大波，波普以此事寫成他的代表長詩〈秀髮劫〉（The Rape of the Lock），藉以諷刺當時社會小題大作。郵報記者則嘗試以古諷今，特別引用了波普的名詩，讓我不禁佩服英國記者的水準。

丹‧布朗小說在此又發生了錯誤，波普並沒有主持牛頓一七二七年的葬禮，而是為牛頓的

牛頓墓上方雕像

紀念碑撰寫碑文：「自然與自然的法則隱沒在黑暗裡，上帝說，讓牛頓出現吧！一切都將光明。」

艾薩克・牛頓的墓沒被宣傳手冊拿出來強調，但以他陵墓的位置來看，牛頓顯然有著極崇高的地位。西敏寺有固定的參觀動線，遊客從北袖廊入寺後先沿著側廊向東走，看完東端以及連接的小墓室後繞到南袖廊，從這裡遊客左轉暫時離開寺的本體，進入「四迴廊」走道，四迴廊中央有一片露天草地，四迴廊北面則是小說中提到的八角形「會議廳」（Chartered House），提賓在此揭露了他真正的身分。逛過會議廳和四迴廊後會再回到寺的中殿，這時我才發現兩個巨大的雕像石棺，就位於中殿正前方，牛頓爵士的陵墓在左邊，大理石座

西敏寺四迴廊

台上有個像浴缸的黑色石棺，石棺上是牛頓的白色大理石雕像，他側坐著將手靠在一疊書上，神色嚴肅地望向遠方，兩個小天使在他腳邊看書，身後則有一個球形的天體圖。我嘗試著憑弔牛頓，但不時被他雕像飄逸的頭髮和身上的羅馬長袍困擾著，兩世紀前的倫敦人決定用羅馬貴族形象來紀念他，可惜那不是我心目中的牛頓，他應該是全世界最偉大的物理學家。

西敏寺會議廳

寺內的廣播系統突然傳來溫柔但堅毅的女聲，向在場遊客解釋西敏寺原是本篤派（Benedictine）的修道院，現在仍然遵循本篤修會的傳統，特別重視祈禱，她今天祈禱的對象是南美洲某國的自由鬥士，希望他們能盡早從磨難中被釋放，歡迎大家和她一齊祈禱。接下

來，整個西敏寺陷入無聲的停滯，所有穿紅長
袍的監護員和遊客都低下頭去，真誠地為一群
不曾謀面的人禱告。我不禁動容，在一個曾是
本篤修院的英國國教教堂內，我親身體會到信
仰的力量。我默默加入祈禱的行列，然後在燭
台前為自己和所有人點上一個圓形蠟燭。

西敏寺聖母像

【後語】

　　從西敏寺出來後我又走上泰晤士河畔的步道，打算走回聖殿站去搭ｔｕｂｅ，就在堤岸站（Embankment）附近我發現一座二十米高的方尖碑，被暱稱為「埃及豔后之針」，是十九世紀英國人從埃及亞歷山卓運來的。與它配對的另一座「埃及豔后之針」則被運到紐約市，我曾在中央公園內欣賞過它，如今在倫敦看到這一座，內心真有特殊的喜悅。我當時還不知道，接下來幾天我會不斷遇到方尖碑，包括在巴黎

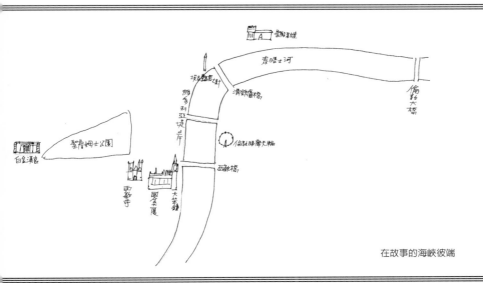

在故事的海峽彼端

「大班」夜景

協和廣場上，以及聖許畢斯教堂內的日晷儀。

我還見過另一座更高的方尖碑，就是華盛頓紀念碑，共一六九米高。這讓我想起丹‧布朗下一本書《所羅門鑰匙》（The Solomon Key），據說就是以華盛頓為背景，而且華府的著名建築物將是小說重點，因為它們充滿了神祕符號。我敢打賭這本新書要拿共濟會做文章，華盛頓紀念碑也很可能會被寫進故事中。

很快地，夕陽最後的餘暉盡失，我回頭想再看埃及豔后之針一眼，但它已經沒入周圍昏暗中，反而遠處大笨鐘的鐘面發出柔和白光，彷彿在向我這位短暫的過客道別。

線索 9
尋找玫瑰線

【關鍵字keywords】
· 巴黎子午線
· 阿拉勾
· 王室宮殿

他往南轉上黎希留街，王室宮殿壯觀的花園裡茉莉盛開，讓街道瀰漫著一股甜香。

他繼續往南，直到看到自己的目標——那道著名的皇室連拱廊——一大片閃閃發光的磨光黑色大理石，他往前走，看著腳下的地面，沒幾秒鐘，他就發現了自己早知道在那裡的東西……

神祕的「玫瑰線」在小說結尾再度出現，索尼耶赫的最後一道謎題中提到，一條古老的玫瑰線通過聖杯／抹大拉所在之處。

在巴黎的最後一天上午，我來到羅浮宮對面，在黎希留街和王室宮殿之間的人行道上來回走動，眼睛盯著細石粒壓成的地面，尋找《達文西密碼》中所描述的黃銅標示牌。剛開始時我有股無可抑制的興奮和荒謬感，一個快四十歲、大老遠從台北跑來的男子，在陌生的巴黎街頭玩起尋寶的遊戲，來往的巴黎人對我視若無睹，只有一個北歐模樣的觀光客問我在找什麼，我向他解釋巴黎的玫瑰線，他聽完後面無表情地走開了，我猜想這世界上仍然有人沒讀過這本小說吧。

半個小時後我開始擔心了，我唯一找到類似

黃銅牌的是消防用的水塞孔口，難道這又是丹‧布朗編出來的嗎？有過之前聖許畢斯教堂假玫瑰線的「前科」，我趕緊翻開小說再次確定書中的描述：

> 他轉向南，眼睛循著圓牌上的方位往前看。他又開始走，沿著往南的路，邊走邊看著人行道。他穿過法蘭西喜劇院的角落，腳下經過了另一面銅牌……

讀這段文字時我就站在法蘭西喜劇院（Comedie Francaise）的正前方，我無助地走向不遠處的一個報攤，決定再度測試法國人的英文。

「你知道附近有玫瑰線嗎？」我問報攤老闆。

老闆用法文的「是」給了我含糊的答案，那是我少數聽得懂的法文字，但我不確定他是否聽懂我的問題，我等他繼續往下講，但他口中沒再冒出另一個字。過去這幾年一定不少人跑來問過相同的問題。

「你是說這裡真的有玫瑰線？」

「就在前面。」他不耐地換成英文，雙手比著誇張的手勢。

我順著他的手指方向看過去，那正是我徘徊
過的街口，我決定放棄了。

通向答案的虛線

我打算用剩餘的時間再逛一次羅浮宮，這回
我的重點將放在法國繪畫。沒有其它地方比羅
浮宮擁有更多法國本地的作品，占了緒利翼整

卡東《亞維農的聖母哀子圖》

克路偉《法蘭西斯一世》

個二樓以及黎希留翼二樓
前半段，但大師作品不如
義大利文藝復興時期多，
最吸引我的是由教皇駐地
亞維農發展出來的「亞維
農畫派」，這是十五世紀最
重要的法國繪畫，以嚴肅
強烈的情感和平衡莊重的
構圖見長，卡東的《亞維
農的聖母哀子圖》（Pieta of Avignon）很具代
表性，幾乎已經有現代插畫的質感，畫中聖母
抱著耶穌的遺體默哀，門徒約翰和抹大拉護衛
在她左右兩側。

另外還有一幅肖像畫讓我駐足，那是克路偉
畫的《法蘭西斯一世》，我特別向這位喜愛義大
利藝術的法王致敬，他一生最大的成就都與義

羅浮宮內的黃銅牌

大利有關，他出征義大利，並召喚許多義大利畫家為他作畫，包括李奧納多在內，要不是他，我們可能不會在羅浮宮看到《蒙娜麗莎》或其它的李奧納多。

看完法國畫派後，我順著樓梯來到地上層，朝古希臘時期雕像區走，就在通往《米洛島的維納斯》的長廊裡，我遠遠看到地上有個發光物，那是個黃澄澄的金色反光體，我按捺著加速的心跳趕緊上前看個究竟，果然是枚直徑約五吋的黃銅牌，上面浮雕著Ａ・Ｒ・Ａ・Ｇ・Ｏ五個字母，上下還各雕有Ｎ和Ｓ小字代表北與南。

玫瑰線是真的！

我在博物館地圖上找到這枚銅牌的位置，就

在勝利女神階梯左邊轉角處不遠，我開始想像
一條南北向直線會通過博物館其它哪些地方。
羅浮宮方位並非呈水平的東西向，而是稍微往
西北向偏，所以這條隱形的直線會從金字塔大
門右側穿過拿破崙中庭，然後通到……法國雕
像區。

接下來，我又變回先前那個尋寶的老頑童，
只是這次尋寶地點換在羅浮宮內。我用小跑步
速度到達黎希留翼的法國雕像區，結果這裡也
擠滿戶外教學的人潮，我猜他們是藝術學校的
學生，每個人都拿著炭筆和畫本，各挑一座雕
像在素描，我心想如果我當年有機會臨摹如此
名作，也許就不會放棄學畫了，但這念頭一掃
而過，我開始擔心如果博物館內還有黃銅牌，
會不會被這些孩子們踩在腳下，或剛好被雕像
蓋住。但我多慮了，我繞完十八和十九世紀法
國雕像區，正要往五至十八世紀法國雕像區
時，就在兩區間通道上看到另一枚金黃銅牌，
幾乎就嵌在我所畫的線上。

確定玫瑰線存在後，我的胃口開始大了起
來，接下來的問題是能找到幾枚黃銅牌，現在
我知道它們長的模樣，對自己就更有信心了。
我離開羅浮宮，從戶外再次確定第二枚黃銅牌

王室宮殿入口的黃銅牌

的位置，剛好就在黎希留通道的正下方，我又在心中畫出一條南北直線，順著它走過希沃里街，再度來到王室宮殿前。

王室宮殿（Palais Royal）是一個占地極廣的長方形皇宮和皇家花園，以圍繞花園的拱柱廊聞名。它位在羅浮宮正北面，與黎希留翼館僅以希弗利街相隔，完成於十七世紀初，原本是路易十三時代紅衣主教黎希留的住所，所以又被稱為「主教宮殿」，後來他將這宮殿獻給皇室，讓年輕的路易十四、皇太后安娜、以及主教兼首相馬薩林住在這裡，前文〈線索3〉介紹過的「投石黨」內戰期間叛軍曾攻擊這個地

Palais Royal
王室宮殿

連拱廊上的黃銅牌

方，逼得路易十四和母親不得不暫時逃離巴黎。王室宮殿的東南角和西南角各有一個劇院，其中西南角上就是法蘭西喜劇院，路易十四的御用劇作家莫里哀曾在這演出他膾炙人口的喜劇，一直到他去世為止。

我馬上瞭解先前犯的錯誤何在。小說的描述方式讓我以為這條線應該經由喜劇院左邊，沿著黎希留路往北走，結果我的新方位指引我來到喜劇院的右邊，這裡有個穿堂連到王室花園內。我緩步向前，盡量不偏離心中那條想像的線，終於在穿堂的陰影中看到第三枚黃銅牌，長期在公共區域中任由行人踩踏，它不如前兩枚牌子閃著金光，只剩下暗沈的土銅色。

我繼續前進，在花園東側的拱廊上發現第四

Le meridien de Paris
巴黎子午線

Francois Arago
阿拉勾

枚銅牌；我再往前，在一處拱廊向左的通道上
發現第五枚； 再繼續走，在拱廊和黎希留街中
間夾著的一條小巷中找到第六枚；最後我在黎
希留街右側人行道上找到第七枚，這裡已經很
接近小香榭街交叉口，前面不遠處就是國家圖
書館。原來我一直在和自己繞圈子。

聖杯安息處，故事永沉埋

　　我後來知道，這條線應該被稱為巴黎的本初
子午線，玫瑰線是丹‧布朗自己編的名詞。**巴
黎子午線**最早於一七一八年被畫出來，以此來
測量東西經度，十九世紀初法國科學家**阿拉勾**
（Francois Arago）對地球長度重新作了更精確
的計算，過程中以通過巴黎天文台的子午線做
為零度線。

　　當航海還是唯一的國際交通工具時，主要的
歐洲國家在全世界各地探險殖民，他們都試著
建立自己的子午線系統，巴黎子午線就比英國
格林威治子午線更早，但英國在十九世紀成為
海上霸權及航海技術領導者，英國繪製的航海
圖逐漸流行，近八成的商船認可格林威治子午
線。即使如此，十九世紀的航海船隻得要面對
格林威治、巴黎、柏林、哥本哈根、里斯本、

折返：通向故事與旅途的盡頭

里約、羅馬、聖彼得堡、斯德哥爾摩和東京十
一條不同的子午線，這個爭議在一八八四年浮
上檯面，最後二十五個國家投票表決，以二十
二比一的票數通過採用格林威治的子午線做為
統一零度經線，形成今天全球的二十四時區。
我猜那唯一的反對票就是法國投的，因為驕傲
的法國人硬是再撐了近三十年才接受格林威
治。而且這股法蘭西自尊心並未消滅，一九九
四年起一項大規模的「裝置藝術」活動在巴黎
展開，以老巴黎天文台為起點，將一三五面銅
牌嵌在巴黎的街頭上，來紀念阿拉勾和那條不
再的巴黎子午線。

巴黎天文台

我後來又去了巴
黎老天文台
（Observatoire de
Paris），在斑駁的柵
欄外徘徊一陣子
後，我說服一位老
學究模樣的先生讓
我進去參觀，在天
文台大門和勒維希
埃（Le Verrier，十
九世紀天文台長，

阿拉勾的學生）雕像間，我看到真正第一枚黃銅牌鑲在石板地上，從這一點開始，巴黎子午線沿天文台大道射向北方，先穿越盧森堡公園，再從聖許畢斯教堂東側約一百米處通過，過了塞納河後斜著穿越羅浮宮，再削過王室宮殿左下角，切過黎希留街，一路再切過其它巴黎街道，我不知道阿拉勾銅牌最後停在哪一點，但不會是小說中所說的蒙馬特聖心堂，這條子午線應該是從蒙馬特墓園和聖心堂中間穿過去。

古老羅絲林下聖杯靜待，
刀刃和聖爵守護伊門宅

我終於來到感官之旅的盡頭：羅浮宮西側的反轉金字塔，聖杯最後的安息之處。

反轉金字塔（La Pyramide Inversee）位在羅浮宮入口和騎兵凱旋門之間的圓環下方，圓環中心長滿短草叢，從地面上看不清楚它，要到地下層的開放空間裡才能一目瞭然。反轉金字塔的造形結構和大金字塔入口幾乎一樣，完全由玻璃組成，從屋頂倒垂向下，金字塔尖端在接近地面時會迎上另一個小金字塔，形成丹·

十九世紀天文台長勒維希埃雕像後方的巴黎子午線「真正第一枚黃銅牌」

反轉金字塔

布朗的刀刃和聖爵。此地遊客不多，我坐在小
金字塔旁的地板上，讓酸痛的雙腿暫時休息一
番，緬懷過去一周的所見所感，我的思緒不斷
回到抹大拉身上，這位兩千年前的奇女子，歷
史線索中的她是如此有限，太多關於她的故事
沒被訴說，後人只能用文學和虛幻去補償她，
如果這是丹‧布朗的目的之一，我向他致敬，

如果抹大拉真的長眠在我正下方某處，讓全世界的藝術珍寶與她作伴，我想也是貼切的。

我的知識之旅也在此畫下句點，對於耶穌是否結過婚、抹大拉是否就是聖杯、李奧納多是否真有施洗者聖約翰情結、最後的晚餐中是否畫著抹大拉、早期基督教會是否壓抑女性、歌德教堂中是否真有神聖女性象徵等話題，讀者們或許已形成自己的結論或見解了。可以確定的是，下一次當你遊歷歐洲，面對一幅宗教繪畫或踏進一座教堂時，你會發現自己從前不曾注意的細節，從中體會從前不知道的樂趣呢。

在旅途盡頭

最後，我想再分享一次耶穌復活的故事，〈約翰福音〉中最浪漫的片段：

> 心碎的抹大拉在黑暗中獨行，她要去為她鍾愛的人做最後一件事，為他塗抹香料，讓他死後能夠真正成王。

> 抹大拉剛失去她的丈夫、情人或恩師，但她強打起精神，趕在日出前到耶穌的墓室去，她驚訝地發現蓋棺石被掀開了，墓中沒有了屍體，她趕緊通知其他人，大夥趕去墓室證實她

的話，然後每個人都離開了，又只剩下抹大拉獨自飲泣，兩位穿著白衣的天使出現在墓中。

「妳為什麼哭呢？」天使問。

「他們把我的主帶走，我不知他被帶去哪裡。」

抹大拉不放棄，繼續尋找她的最愛，她轉身發覺一個陌生人，墓室突然變成美麗的花園，她想這個人一定是園丁。

「妳為什麼哭，妳在找誰？」園丁問她。

抹大拉急了，她輕聲地抱怨：「先生，如果是你將他帶走了，告訴我他在哪裡？」

「瑪利亞，」園丁叫她的名字。

就在那一刹那間，抹大拉知道他是誰了。

「親愛的拉比，」她驚喜地回答，同時想要去擁抱耶穌。

「不要碰我，」耶穌避開她的手，然後說，「去告訴我的兄弟們，我要升天去見天父了。」

言猶在耳，耶穌又消失了，空留失去所愛的抹大拉呆立在花園中，獨自面對往後未知的人生歲月……

天使，花園，天人永隔，幾乎就是兩千年前的《第六感生死戀》，不是嗎？

【後語】

從去年十月至今年一月，一幅從來沒被公開的李奧納多‧達文西油畫《抹大拉》（Magdalena）在義大利港市安科納（Ancona）的博物館展出。《抹大拉》高五十八公分，寬四十五公分，畫中抹大拉披著紅袍和薄紗，嘗試遮住裸露的前胸和腹部，是李奧納多作品中極少見的女體畫，據信由李奧納多和學生共同創作，完成於一五一五年。這幅畫於一世紀前被發現，半世紀前曾短暫在美國露面，之後一直被私人收藏在瑞士，先前以為作者是李奧納多的學生吉安皮耶區諾（Giampietrino），如今被鑑定很可能出自李奧納多之手，這將是大師去世前最後的油畫作品。

抹大拉和李奧納多，我心目中的女男主角，終於在故事結尾相遇了。

二〇〇五年新出土的李奧納多‧達文西《抹大拉》

文學叢書 109

INK
PUBLISHING

CODE人心弦　漫遊達文西密碼現場

作　　者	伍臻祥
總編輯	初安民
責任編輯	丁名慶
美術編輯	顏柯夫
校　　對	丁名慶 伍臻祥

發 行 人	張書銘
出　　版	**INK**印刻出版有限公司
	台北縣中和市中正路800號13樓之3
	電話：02-22281626
	傳真：02-22281598
	e-mail:ink.book@msa.hinet.net
法律顧問	林春金律師

總 代 理	成陽出版股份有限公司
	業務部／訂書電話：02-22256562　訂書傳真：02-22258783
	訂書地址：台北縣中和市中正路800號11樓之2
	e-mail：rspubl@sudu.cc
	網址：舒讀網http://www.sudu.cc
	物流部／電話：03-3589000　傳真：03-3581688
	退書地址：桃園市春日路1490號

郵政劃撥	19000691 成陽出版股份有限公司
門市地址	106台北市新生南路三段96-4號1樓
門市電話	02-23631407
印　　刷	海王印刷事業股份有限公司

出版日期　2006年 5 月 初版
ISBN 986-7018-37-X

定價　240元

國家圖書館出版品預行編目資料

CODE人心弦　漫遊達文西密碼現場／
　伍臻祥 著.－－初版，－－臺北縣中和市：
　INK印刻，2006〔民95〕面：　公分
　　（文學叢書；121）

ISBN　986-7018-37-X（平裝）

855　　　　　　　　　　　　　　95007250